Eine glückliche Ehe

In Einfacher Sprache

Spaß am Lesen Verlag
www.einfachebuecher.de

Lizenzausgabe mit Genehmigung von
AVA international GmbH Autoren- und Verlagsagentur
www.ava-international.de
Alle Rechte an dieser Ausgabe vorbehalten.

Diese Ausgabe ist eine Bearbeitung des Buchs *Eine glückliche Ehe*
von Heinz G. Konsalik, dessen Originalausgabe im C. Bertelsmann Verlag,
München, veröffentlicht worden ist.

Text Originalfassung: Heinz G. Konsalik
Bearbeitung in Einfacher Sprache: Clemens Wojaczek

© 2021 | Spaß am Lesen Verlag, Münster

ISBN 978-3-948856-76-2

Heinz G. Konsalik

Eine glückliche Ehe

In Einfacher Sprache

Schwierige Wörter oder Ausdrücke sind <u>unterstrichen</u>. Die Erklärungen stehen in der Wörterliste am Ende des Buches.

Inhalt

Die Beerdigung

Es ist ein trüber, warmer Tag im Herbst.
Auf dem Süd-Friedhof findet eine Beerdigung statt.
Die Menschen frieren.
Der Pfarrer und die Freunde vom Toten
sprechen viele gute Worte.
Die Witwe ist eine schöne blonde Frau.
Irmgard Wegener, 53 Jahre alt.

Ihr verstorbener Mann, Hellmuth Wegener,
hatte eine Firma für Arznei-Mittel.
Ein Freund hat oft gesagt:
„Hellmuth, arbeite weniger, lebe mehr."
Wegener wollte es nicht hören.

Frau Wegener steht am Grab und denkt:
Jetzt bin ich ganz allein.
Bald wird das Grab geschlossen.
Hellmuth musste so früh sterben.
Keiner wird ihn vergessen.

Irmgard Wegener muss die Hände
von Hunderten Menschen schütteln.
Ihr Sohn Peter steht neben ihr.
Er ist 27 Jahre alt und Chemiker.
Auf der anderen Seite steht Vanessa Nina:
die Tochter, 23 Jahre alt.

Sie studiert Medizin, aber sie will
lieber Sängerin werden.

„Ich will gehen, Junge", sagt Frau Wegener
zu ihrem Sohn.
Es beginnt zu nieseln.
Noch einmal schaut sie in das Grab hinab.
Sie faltet die Hände, aber sie betet nicht.
Auf dem Sarg liegen ihre Rosen für Hellmuth.
Die Blumen der anderen liegen darüber.
Sie sieht auf die vielen Blumen
und auf die Brocken von Erde hinab.

27 gemeinsame Jahre, denkt Irmgard.
Die Welt ist leer ohne dich, Hellmuth.
Trotz der Kinder.
Denn sie gehen ihren eigenen Weg.
Was bleibt mir?
Sie seufzt.
Die Firma. Das große Haus. Das viele Geld ...
Was ist das alles ohne dich?

„Wir müssen gehen, Mama", sagt Peter.
Vanessa Nina weint.
„Gehen? Wohin?", fragt Irmgard.
„In das Lokal *Rosen-Garten*.
Du weißt doch:
Dort findet das Toten-Essen statt.

Mit Sekt und kalten Speisen.
Und mit Hunderten Gästen."

„Bitte, Peter, bring mich nach Hause.
Vertretet mich. Ihr könnt das gut.
Ich kann jetzt keinen mehr sehen.
Versteht ihr das?"
Peter und Vanessa Nina gehen mit ihrer Mutter
zum Ausgang.

Am Tor steht Elena Preiß,
auch eine Witwe von einem Fabrik-Besitzer.
Auch der Pfarrer und der Orgel-Spieler
stehen da.

„Ich will weg!", sagt Irmgard Wegener hart.
„Weg von den Menschen.
Wir gehen durch den Seiten-Ausgang."
Der Pfarrer, der Orgel-Spieler und die anderen Gäste
blicken ihr betroffen nach.

Der Chauffeur fährt sie nach Hause.
In die Villa *Fedeltà*.
Fedeltà ist das italienische Wort für „Treue".
Hellmuth hat das Haus so genannt.
Niemand weiß, warum.
Nur Irmgard Wegener, geborene Lohmann,
Tochter von einem Apotheker aus Köln.

Später sitzt Irmgard im Arbeits-Zimmer
am riesigen Schreibtisch von Hellmuth.
Sie denkt an den Morgen zurück,
als Hellmuth den Herz-Infarkt hatte.
Der große, kräftige Mann
lag im Bade-Zimmer.
Das Gesicht war nur halb rasiert.

Der Haus-Arzt Dr. Bernharts sagte:
„Ich habe es kommen sehen.
Er wollte nicht auf mich hören."

Es regnet jetzt.
Im Arbeits-Zimmer ist es warm.
Er fehlt mir, denkt Irmgard.
Wenn er schnarcht.
Wenn er sich über die Firma aufregt.
Wenn er Dummerchen zu mir sagt.

Sie macht eine Holz-Schachtel auf.
Dr. Schwangler hat sie Irmgard gegeben.
Er war Hellmuths Rechts-Anwalt
und ein guter Freund.
„Die Schachtel hat Hellmuth gehört.
Ich soll sie dir geben, wenn er gestorben ist.
Es war sein Wunsch.
In der Schachtel ist der Schlüssel
zum Tresor in der Wand."

Keiner weiß, was in dem Tresor ist.
Geheimnisse von einem Mann?
Eine kluge Frau lächelt darüber
und schweigt.

Irmgard öffnet den Tresor.
Das Schloss knirscht.
Ein paar Hefte liegen drin.
Auf dem ersten Heft steht: *1944 bis 1948.*
Auf dem zweiten Heft steht: *1948 bis 1955.*
Auf dem dritten Heft steht: *1956 bis 1965.*
Auf dem letzten Heft steht nur: *19 ...*

Er hat also Tagebuch geführt.
War es ein wichtiges Leben?
Es war erfolgreich, aber normal.
Viel Arbeit, viele Sorgen,
viele Freuden, viele Probleme.
Ein Leben von 56 Jahren.

Irmgard schlägt das erste Heft auf und liest.

Die Fern-Hochzeit

Juni 1944 in Russland.
Ein Vormittag, unerträglich warm.
Ein Erd-Bunker östlich von Orscha.
Auf einem Tisch steht ein Foto in einem Rahmen.
Daneben Wiesen-Blumen und Kerzen.

Das Foto zeigt eine junge Frau.
Sie ist blond und hat blaue Augen.
Auf dem Foto steht:
„Für dich, Hellmuth. In Liebe – Irmi."

Hellmuth Wegener trinkt ein Glas Weinbrand.
Der Hauptmann schimpft:
„Eine unpassende Zeit für eine Heirat, Wegener.
Die russischen Soldaten sammeln sich.
Die Front ist ruhig – das ist kein gutes Zeichen."

„Es war der einzige Termin, Herr Hauptmann",
sagt Wegener.
„Und Heimat-Urlaub ist nicht möglich."

„Eben! Warum heiraten Sie dann?",
fragt der Hauptmann.
„Verdammte Fern-Trauung!
Sie sterben vielleicht und Ihre Frau wird Witwe
und hat Sie nie im Leben gesehen."

„Ich denke nicht ans Sterben",
antwortet Hellmuth Wegener.
„Ich denke ans Überleben.
Ich will aus dieser Scheiße herauskommen!"

Dann erzählt er.
„Ich kenne Fräulein Irmgard Lohmann
seit einem halben Jahr.
Seit der Brief-Aktion
„Deutsche Mädel schreiben an die Front".
Ich bekam Irmis Brief. Es war ein Zufall.
Wir haben uns viel geschrieben.
Ich habe ihr Foto, und sie hat mein Foto."

„Diese Jugend", sagt der Hauptmann
und schüttelt den Kopf.

Juni 1944 in Köln.
Es ist ein sonniger Vormittag in Köln.
Die Menschen räumen Trümmer weg.
Im Standes-Amt ist der große Tisch geschmückt:
mit einem Soldaten-Helm und mit einem Foto
von Hellmuth Wegener.
Er hat braune Haare und fröhliche Augen.

Irmgard Lohmann sitzt neben ihrem Vater,
dem Apotheker Johann Lohmann.
Auf dem Schoß hält sie einen Strauß rote Rosen.

Herr Lohmann denkt:
Fern-Trauung? So ein Blödsinn!
Ich habe Irmgard schlecht erzogen.
Ich habe versagt.
Wäre nur meine Frau nicht bei dem Unfall
gestorben – dann wäre alles anders.

„Noch fünf Minuten", sagt der Beamte.
Und nach einer Weile: „Es ist so weit.
Die Heimat ist jetzt mit der Front verbunden."

An der Front in Russland laufen der Major
und der Soldaten-Pfarrer in den Bunker.
Draußen hört man Schüsse.
„Ich habe mein Kreuz verloren",
schimpft der Pfarrer. „Scheiße! Verzeihung."

„Es ist so weit", sagt der Major.
„Soldat Hellmuth Wegener:
Sie wollen in dieser schlimmen Zeit die Ehe
schließen mit einem tapferen deutschen Mädel.
Ich frage Sie: Ist es Ihr Wille,
Irmgard Lohmann zu heiraten?
Dann antworten Sie mit Ja."

„Ja."
Eine Granate fällt auf den Bunker.
Es gibt zum Glück keinen Schaden.

In Köln fragt zur gleichen Zeit
der Beamte:
„Wollen Sie, Irmgard Lohmann,
den Soldaten Hellmuth Wegener heiraten?
Dann antworten Sie deutlich mit Ja!"

„Ja!"

Die Sirene für den Luft-Schutz heult.
„Alles in den Keller!", schreit der Beamte.
Die Menschen laufen durcheinander.
Vater Lohmann fragt:
„Seid ihr nun Mann und Frau?
Der wichtigste Satz hat doch gefehlt."

„Ich habe Ja gesagt", sagt Irmgard.
„Alles andere ist unwichtig."

***

Wegener bekommt auch in den nächsten Wochen
keinen Heimat-Urlaub.
Die russische Armee startet einen Angriff.
Sie treiben die deutschen Soldaten zurück
und vernichten sie.
Die Soldaten müssen bleiben und kämpfen.
Das bedeutet den Tod für viele.
Der Hauptmann und der Major fallen.

Hellmuth Wegener und sein Freund Peter Hasslick
sitzen am Ufer vom Fluss Dnjepr.
„Los, wir schwimmen rüber", sagt Wegener.

Als sie bis zu den Knien im Wasser stehen,
schießt jemand auf sie.
Ein Junge von ungefähr neun Jahren.
Er weint und ruft:
„Das ist für Vater!
Und das für Mutter!
Ihr habt sie umgebracht!"

Der Junge kann das Gewehr kaum halten.
Aber er trifft Wegener in den Rücken.

„Mich hat es erwischt ... die Lunge. Verdammt!"
Hellroter Schaum kommt Wegener aus dem Mund.
Hasslick zieht Wegener weiter ins Wasser.
Da trifft eine Kugel Hasslick in den Ober-Schenkel.

„Lass mich fallen!", keucht Wegener. „Rette dich."

Aber Peter Hasslick widerspricht.
„Es ist nur ein Streif-Schuss, Hellmuth."

„Peter, es hat keinen Zweck mehr", stöhnt Wegener.
Sie legen sich in die Strömung
und lassen sich treiben.

„Ihr sollt verrecken!",
ruft der kleine Junge ihnen hinterher.

Die beiden Männer erreichen das andere Ufer
mit letzter Kraft.
Während ihre Sachen trocknen,
liegen sie auf einem Haufen Erde.
Sieben Stunden lang.

Dann kommen russische Soldaten in Lastwagen
am anderen Ufer an.
Sie blasen ein Schlauch-Boot auf.

Wegener sammelt seine letzte Kraft.
„Nimm meine Papiere, Peter."
„Warum?", fragt Peter Hasslick.

„Meine Irmi soll nicht Witwe werden.
Sie braucht nicht zu wissen, dass ich gestorben bin."
Hellmuth Wegener hustet.
Blutiger Schaum kommt aus seinem Mund.

„Halt den Mund!", sagt Hasslick grob.
Das Schlauch-Boot mit den russischen Soldaten
ist fast am Ufer.
Die Soldaten schreien.
Hasslick tauscht die Uniform-Jacken aus.
Auf Wegeners Uniform-Jacke sind Orden.

Orden dafür, dass er viele Gegner getötet hat.

„Danke, Peter ... du bist ein echter Kamerad."

Hasslick dreht sich zu den russischen Soldaten um.

Er hebt beide Hände.

Alles dreht sich um ihn.

Dann fällt er in Ohnmacht.

Im Lazarett

Der Ober-Schenkel schmerzt.
Davon wird Peter Hasslick wach.
Er liegt auf einer Decke.
Sie stinkt nach Urin.
Der Boden schwankt.

Ich liege auf einem Lastwagen, denkt er.
Sie haben mich nicht getötet.
Er fühlt nach der Decke.
Der Urin … das war ich … aber ich lebe.

Wegener liegt neben ihm.
Er sieht fremd aus.
Er hat ganz weiße Haut und eine spitze Nase.
„Hellmuth, wir leben. Wir krepieren nicht!"
Peter Hasslick drückt seinem Freund die Hand.

Nach einer Stunde wird es laut.
Motoren, Rufe, Hupen.
Der Last-Wagen hält.
„Wir sind in Orscha", sagt Hasslick.
„Ich sehe die Schule."

In der Schule hatten die Deutschen
ein Lazarett eingerichtet.
In letzter Zeit lagen viele Verwundete dort.

Zwei Soldaten helfen Hasslick, auszusteigen.
Er kann nur humpeln.
Sie setzen ihn auf eine Bank im Flur.
Neben die Bank stellen sie
die Trage mit Wegener.

Ein russische Ärztin kommt vorbei.
Maria Fedorowna steht auf ihrem Namens-Schild.
„Bitte, Hilfe, Freund", sagt Hasslick
und zeigt auf Wegener.
„Erst russische Verwundete!",
sagt die russische Ärztin auf Deutsch.
Sie lächelt.
„Du Schwein bist. Stolzes Schwein.
Stolz auf Schießen, auf Töten."
Sie gibt Hasslick eine kräftige Ohrfeige.
Dann geht sie weg.
Hasslick starrt ihr nach.
Dann fällt es ihm ein:
Die Uniform-Jacke!
Ich trage ja Wegeners Orden.

Hasslick schläft erschöpft ein.
Dann hört er eine Stimme:
„Maria Fedorowna hat gesagt,
man hat zwei Kameraden hergebracht."
Ein weißhaariger Mann
in deutscher Uniform steht vor ihm.

„Herr Stabs-Arzt …", stottert Hasslick.
„Bitte helfen Sie meinem Freund."
Er zeigt auf die Trage.
Aber die Trage ist leer.

„Er war schon tot, als ich kam", sagt der Stabs-Arzt.
„Sie haben fest geschlafen.
Ich konnte nichts mehr tun für Ihren Freund.
Aber Ihr Bein kriegen wir wieder hin.
Der Tote ist Peter Hasslick?
Hier ist sein Wehrmachts-Ausweis."

Hasslick erschrickt.
Hellmuth, denkt er, das können wir doch nicht tun.
Ich kann doch nicht … sie ist doch deine Frau …
aber … ich habe es dir versprochen.

„Wie heißen Sie, Soldat?", fragt der Arzt.
„Hellmuth Wegener, Herr Stabs-Arzt."
Ihm wird ganz übel bei der Lüge.
„Hier sind meine Papiere."

Der Arzt liest sich die Papiere durch.
„Sie studieren Medizin?
Dann kommen Sie mal mit mir,
junger Kollege.
Ihr Bein hat sie gerettet.
Für uns ist der Krieg vorbei."

Hasslick will am liebsten schreien:
Ich bin nicht Wegener!
Aber er schweigt.
Später. Später werde ich es aufklären, denkt er.
Doch er ahnt schon, dass das nicht stimmt.

Er liegt auf einem Sack mit Stroh
neben der Tür und döst.
Die Wunde im Ober-Schenkel pocht.
Jemand tritt ihn mit einem spitzen Stiefel
in die Hüfte.
Maria Fedorowna!
„Aufstehen! Du Medizin-Student, du operieren!"

„Ich bin verwundet."
Hasslick ist erschrocken.

„Wo verwundet? Am Bein, ja?
Und Hände? Sind Hände kaputt?
Aufstehen, los!", schreit Maria Fedorowna.

Ein deutscher Sanitäter hilft Hasslick.
„Tu, was sie sagt", sagt er leise.
„Du bist ein Deutscher,
also ein Stück Hunde-Kacke."

Auf einem Tisch liegt ein Soldat.
Bewusstlos.

Seine Schulter ist zertrümmert.
„Setz dich auf Stuhl", befiehlt Fedorowna.
„Hol die Splitter vom Knochen raus.
Und zieh deine Jacke aus."

„Warum?"
Hasslick ist erstaunt.
„Die Abzeichen auf Rock.
Du Russen getötet – jetzt Russen retten!"
Sie holt weit aus und gibt ihm eine Ohrfeige.
„Du nicht gewinnen", sagt sie.

„Ich will den Krieg nicht gewinnen", sagt er.
„Schon lange nicht mehr."

Maria Fedorowna schaut ihn ernst an.
Dann fragt sie:
„Warum bist du in Russland?"

„Es war ein Befehl.
Wir haben alles geglaubt."

„Ihr seid dumm", sagt Maria.
Hasslick lacht leise.
„Alle Völker sind dumm, wenn sie Krieg führen."

Bis zum Morgen hilft Hasslick.
Er ist geschickt.

Der Stabs-Arzt lobt ihn.
„Bravo! Sie sind sehr begabt."
„Ich bin ein guter Hand-Werker", sagt Hasslick.

Maria Fedorowna kommt um die Ecke.
„Geh in Zimmer Nummer acht."
Der Stabs-Arzt sagt leise:
„Sie sind ein Glücks-Pilz.
Das ist das Zimmer von Maria Fedorowna."

Hasslick bleibt zwei Tage und zwei Nächte
in Zimmer Nummer acht.
Er wacht von einer Ohrfeige auf.

„Hast du Hunger?", fragt Fedorowna.
„Nein."
„Hast du Schmerzen im Bein?"
„Nicht viel."
„Ich habe dir gegeben sechs Spritzen,
während du geschlafen hast.
Andere sind vielleicht gestorben,
weil nicht genug Spritzen für alle da sind."
Hasslick ist entsetzt:
„Das ist Mord."

Maria Fedorowna zieht ihm die Hose aus.
„Sag kein Wort mehr."
Sie setzt sich auf ihn drauf …

„Danke, du Hund", sagt sie später.
„Du wirst überleben. Versprochen."

Später erzählt Hasslick dem Stabs-Arzt
von seiner Lage.
Dass Maria Fedorowna ihn zum Sex zwingt.
Dass er nicht weiß, wie er sich verhalten soll.
Der Stabs-Arzt ermahnt ihn:
„Sie tun es für unsere Kameraden."

Am Abend muss Hasslick wieder in Zimmer acht.
Maria Fedorowna füttert ihn
mit Rühr-Ei, Wurst und Brot.
„Was du isst und trinkst,
nehme ich den anderen weg."
Mit dieser Bemerkung nimmt sie Hasslick
die Freude an dem guten Essen.
In der Nacht schläft sie bei ihm.
Ein kleiner, glücklicher Mensch,
der am Tag wie ein Teufel ist.

Die russische Armee drängt
die deutsche Armee weiter zurück.
Die Front entfernt sich.
Maria Fedorowna sagt:
„Die deutschen Verwundeten
kann man jetzt transportieren.
Sie kommen in ein Lager für Gefangene."

Man bringt die Verwundeten zum Bahnhof.
Sie fahren in Vieh-Waggons.
Der Stabs-Arzt erklärt:
„Sie bringen uns nach Sibirien, Kollege Wegener.
Das gibt viel Arbeit.
Wir sind lange unterwegs.
Und wenn wir ankommen, ist es Winter."

Hasslick will sagen:
Ich bin nicht Wegener.
Und ich bin nicht verheiratet.
Aber er schweigt.

Im Zug sind 700 deutsche Soldaten.
Die Verwundeten stöhnen.
Es ist kaum Stroh da, auf dem sie liegen können.

Ab jetzt gibt es Hasslick nicht mehr.
Wir nennen ihn ab jetzt nur noch Wegener.

Sibirien

Während der Fahrt mit dem Zug
sterben 200 Männer.
Auch der Stabs-Arzt stirbt.

Sie kommen nach Nowo Nigaisk.
Das ist ein Lager mitten in riesigen Wäldern.
Dreißig Baracken.
Wach-Türme.
Stachel-Draht.
Flucht in die endlosen Wälder?
Das wäre Selbstmord.

Sie müssen Holz fällen.
Aber sie sind nicht allein. Das ist gut.
Wegener arbeitet in der Kranken-Station.

Eines Tages bekommen sie Postkarten und Stifte.
Sie dürfen nach Hause schreiben.
„Schreibt nur gute Dinge", sagt einer.
„Alles andere ist verboten.
Dann kommt die Karte nicht an."

Wegener schreibt in Druck-Buchstaben:
Meine liebste Irmi, mein Schatz!
Ich bin in Russland, irgendwo,
und es geht mir gut.

Wir hoffen, dass wir bald in die Heimat dürfen.
Ich denke jeden Tag an dich. Ich liebe dich.
Wenn es geht, schicke ein Paket:
Pullover, Schal, warme Schuhe.
Ich habe solche Sehnsucht nach dir.
Kuss. Hellmuth.

Die Karte ist voll.
Es ist verboten, mehr zu schreiben.

Dann beginnt die schreckliche Wartezeit.
Hat Irmi den Krieg eigentlich überlebt?
Hellmuth spricht zum Foto von Irmi:
„Ich bin Hellmuth Wegener, dein Mann.
Du bist schön, Irmi, wunderschön."

Nach vier Monaten kommt Post.
Es ist schon Frühling.

Hellmuth, mein Liebling!
Heute kam deine Karte an.
Es war der schönste Tag in meinem Leben.
Du lebst!
Wir haben den Krieg gut überstanden.
Das Haus steht noch.
Ich arbeite bei Papa in der Apotheke.
Wir warten alle auf dich.
Das Paket schicke ich morgen ab.

Ich liebe dich, ich liebe dich.
Pass gut auf dich auf.
Deine Irmi.

Hellmuth arbeitet jetzt bei Operationen mit.
Er lernt viel.
Er hält Klammern.
Er gibt Spritzen.
Er verbindet Wunden.
Aber nie nimmt er das Skalpell selbst in die Hand.
Drei Jahre lang.

Irmis Paket kommt nie an.
Nur die Briefe.
In einem von den Briefen ist ein Foto:
Irmi vor einem Busch mit Blüten.
Zum ersten Mal sieht Hellmuth Irmi ganz:
schlank, zerbrechlich, wunderschön.

Heimkehr

Januar 1948.
Es ist ein eisiger Tag.
Die Gefangenen müssen in den Hof.
Sie stehen da und zittern vor Kälte.
Dann liest man Namen vor.
„Die Klamotten packen
und morgen früh bereit sein!
Wahrscheinlich verlegen sie euch."

Ein Arzt sagt:
„Ich glaube, es gibt Entlassungen.
Zurück nach Deutschland!
Endlich in die Freiheit!"

Von Nowo Nigaisk in Sibirien in das Ural-Gebirge.
Dann nach Moskau.
Dann nach Friedberg im Bundesland Hessen.
Hellmuth Wegener ist dabei.
Dabei auf der Reise in die Heimat.

In Friedberg warten viele Menschen
auf die Heimkehrer.
Die Menschen sind in Sorge:
Lebt unser Sohn noch?
Lebt mein Mann noch?
Sie fühlen Angst und Liebe und Hoffnung.

Wegener erkennt Irmi sofort.
Ihre blonden Haare. Ihr unschuldiges Gesicht.
„Irmi."
Sie blickt ihn aus weiten Augen an.
Seinen struppigen Bart.
Die zerrissene Uniform.
Er ist groß und dünn.
„Du bist es?"
„Irmi!"
„Hellmuth!"
Sie küssen sich.
Da weint er.
Er kann es nicht aufhalten.
Er presst den Kopf gegen ihre Brust
und weint wie ein Kind.

„Jetzt bist du ja zu Hause", sagt sie.
„Jetzt ist alles gut. Jetzt wird das Leben schön."
Er nickt.
Zu Hause. Das neue Leben.
Der neue Hellmuth Wegener.
Verheiratet seit Juni 1944
mit dieser wundervollen Frau.

Hellmuth Wegener, der früher Peter Hasslick war,
schwört sich still:
Sie wird nie erfahren, wie es war.
Nie!

Sie soll immer glauben,
ihr Mann ist nach Hause gekommen.
Wir werden das glücklichste Paar auf der Welt.

„Hellmuth, du siehst ganz anders aus
als auf dem Foto."
Irmi schaut ihn prüfend an.
Wegener schluckt.
„Vier Jahre Gefangenschaft.
Das verändert. Ist es so schlimm?"

Sie lacht.
„Aber nein. Es ist nur:
Du hast geschrieben, du bist 1,74 Meter groß."

Hellmuth erschrickt.
„Dann habe ich mich wohl verschrieben.
Ich bin 1,84 Meter groß."

„Es ist gut so", sagt Irmi.
„Ich liebe dich."

„Ich liebe dich.
Ich liebe dich", sagt er.

Neuer Anfang

Sie übernachten in einem Hotel.
Im Ort Schmallenberg im Sauerland.
Irmi regelt alles.
„Wir bekommen ein Zimmer.
Und wir bekommen Braten, Kartoffeln und Bohnen.
Ohne Marken für Lebensmittel.
Ich habe Süßstoff dafür eingetauscht.
Und Zutaten, um Likör herzustellen."

Er hat keinen Hunger.
Aber er schlingt alles hinunter.
Denn er sieht, wie nervös Irmi ist.
Mein Gott, denkt er,
dies ist unsere Hochzeits-Nacht!

Er hat Angst vor dem Zimmer.
Angst vor dem Bett.
Angst davor, mit Irmi allein zu sein.
Gleichzeitig sehnt er sich nach ihr.
Nach ihrer Liebe.

Hellmuth rasiert seinen Bart.
Irmi liegt schon im Bett.
Er zieht sich aus.
Er ist dünn und knochig.
Man sieht die Rippen.

„So etwas hast du geheiratet", sagt er.
„Ich bin so glücklich, deine Frau zu sein",
antwortet Irmi.

Dann kommen sie in Köln an.
Herr Lohmann steht in seiner Apotheke.
Er sieht seiner Tochter Irmi
und ihrem unbekannten Mann entgegen.
„Das ist er, Paps!", sagt Irmi glücklich.
Sie lehnt sich an Hellmuth.
„Stell dir vor, ich habe ihn gleich erkannt."

Warum lügt sie, denkt Hellmuth.
Bestimmt ist sie furchtbar erschrocken,
als sie mich gesehen hat.

„Guten Tag, Herr Wegener."
Irmis Vater streckt die Hand aus.
„Er heißt Hellmuth, Paps", sagt Irmi.
„Ich muss mich erst daran gewöhnen",
murmelt Herr Lohmann.

Nach dem Abend-Essen sagt Hellmuth zu Lohmann:
„Ich will nicht weiter Medizin studieren."

„Das ist schade, Hellmuth.
Willst du lieber etwas anderes studieren?",
fragt Lohmann.

„Ich möchte in deiner Apotheke mitarbeiten.
Ich will organisieren.
Ich glaube, das kann ich gut.
Du hast Medikamente erfunden.
Das hat Irmi mir gesagt.
Ich habe eine Idee:
Wir gründen eine Firma.
Wir stellen die Medikamente selbst her.
Und wir verkaufen sie.
Was hältst du davon?"
Hellmuth ist atemlos von der langen Rede.

„Du bist verrückt, mein Junge!"
Mehr antwortet Lohmann nicht darauf.

Aber Hellmuth ist nicht zu bremsen.
„Neue Ideen für ein neues Deutschland.
Wir spucken in die Hände.
Das allein zählt."

Herr Lohmann beginnt, Hellmuth zu mögen.

***

Fünf Wochen später.
„Wir bekommen ein Kind", sagt Irmgard.
„Und ich bin sicher:
Es wird ein Junge."

„Ich freue mich!", sagt Hellmuth
und nimmt Irmgard in den Arm.
„Unser Sohn wird Peter heißen.
Ich hatte einen besten Freund, der hieß Peter.
Er war Schlosser.
Er starb an einem Schuss in die Lunge."

Hellmuth schweigt und schluckt.
Bei einer Lüge muss er geschickt sein
und immer aufpassen.

An diesem Tag beginnt er sein erstes Tagebuch.
Der erste Satz lautet:
„Alles habe ich aus Liebe getan."
Er versteckt das Tagebuch.
Jede Woche schreibt er eine Stunde lang hinein.
Um sich zu erinnern.
Um sich merken zu können,
was er den anderen erzählt.
Damit er nicht über seine Lügen stolpert.

Er lernt Oscar Hobolka kennen,
der auf dem Schwarz-Markt Geschäfte macht.
Hobolka hat Medikamente
aus einer alten Apotheke gefunden.
Wegener verkauft die Medikamente
nach und nach.
Den Gewinn teilen sie.

Aber eines Tages erwischt die Polizei Hobolka.
Kurz darauf stirbt Hobolka im Gefängnis.

Am 20. Juni 1948 kommt die Währungs-Reform.
Für zehn alte Reichs-Mark gibt es
eine neue D-Mark.

Hellmuth besorgt neue Waren.
Auf dem Schwarz-Markt hat er
viele Leute kennengelernt.
Das ist jetzt nützlich.
In der Apotheke von Lohmann klingelt die Kasse.
Im Hof beginnen Arbeiter, die neue Fabrik zu bauen.

Der Überfall

In der Nacht wacht Irmgard auf.
„Da war ein Schuss, Hellmuth", flüstert sie.
Sie hält den Atem an.

„Blödsinn!", brummt er. „Ein Schuss?"
Aber er sieht in den Hof hinunter zur Bau-Stelle.
Tatsächlich!
Zwischen Zement-Säcken und Steinen
bewegt sich etwas. Ein Schatten.

Hellmuth sagt Irmi nicht, was er sieht.
„Na gut. Wenn es dich beruhigt,
gehe ich runter und sehe nach", meint er nur.

Aber jetzt bekommt Irmi Angst.
„Geh nicht!"
„Ich bin gleich zurück", antwortet Hellmuth.

Er nimmt eine Pistole mit.
Steckt sie in den Hosen-Bund.
Dann schleicht er aus dem Haus
und betritt die neue Halle.

Seine Augen gewöhnen sich an die Dunkelheit.
Überall liegen Bau-Materialien:
Steine, Rohre, Eisen-Träger, Heiz-Körper.

Ein Geräusch!
Er wirft sich zu Boden und geht in Deckung.
Er kennt das ... aus dem Krieg.
Keiner verlernt das.
Keiner vergisst das.

Dort, zwischen den Stein-Haufen: ein Körper.
„Bleib liegen!", ruft Wegener. „Nicht bewegen!"
Die Gestalt schweigt.
Wegener beugt sich über den liegenden Körper.
Und erstarrt.
„Vater!", stammelt er.

Es ist Johann Lohmann, der Apotheker.
„Einbrecher ... geschossen ...", flüstert er.
Wir brauchen einen Arzt! Einen Kranken-Wagen!,
denkt Hellmuth.
Aber er weiß: Jede Rettung ist zu spät.
Johann Lohmann stirbt in seinen Armen.

Das Licht von einer Taschen-Lampe blendet ihn.
Irmi ist nach unten gekommen!
„Ist er tot?", fragt sie.
„Wer hat das getan?"

„Du sollst im Bett bleiben!", schreit er.
„Geh zurück ins Haus.
Wir müssen einen Arzt und die Polizei rufen."

„Warum? Warum?", fragt sie.
„Irmi, ich flehe dich an. Komm jetzt.
Denk an unser Kind."
Sie nickt.

Hellmuth ruft die Polizei an.
Auch Doktor Hampel kommt.
Er ist der Haus-Arzt von Familie Lohmann.

Dann tragen zwei Polizisten
den toten Herrn Lohmann nach draußen.
Lohmann liegt in einer Blech-Wanne.
Irmgard ist entsetzt.
Sie schreit und schreit.
Dr. Hampel sagt:
„Sie muss sofort in die Klinik.
Sie hat einen Schock!"

Also wird doch ein Kranken-Wagen gerufen.
Irmi, Hellmuth und Dr. Hampel steigen ein.
In der Frauen-Klinik beruhigt Dr. Hampel
Hellmuth Wegener.
„Professor Goldstein ist der beste Arzt.
Nichts kann passieren, Herr Wegener.
Reißen Sie sich zusammen!
Ich muss jetzt gehen.
Die Praxis morgen, Sie verstehen?
Ich muss ausgeschlafen sein."

Hellmuth geht aufgeregt hin und her.
Warum sagt mir keiner, wie es Irmi geht?
Lebt sie überhaupt noch?
Professor Goldstein kommt auf den Flur.
„Gratuliere. Es ist ein Junge."

„Ein … Junge …", stammelt Hellmuth.
Er kann es noch gar nicht fassen.

„Wir mussten einen Kaiser-Schnitt machen.
Ihre Frau ist noch in Narkose.
Sie wacht gleich auf, Herr Kollege.
Nochmals Glück-Wunsch."
Mit diesen Worten geht der Professor weiter.

Kollege …
Hellmuth Wegener hasst das Wort.
Er will nicht mehr lügen.
Am liebsten würde er sagen:
„Ich bin kein Kollege von Ihnen."
Aber er spielt die Rolle weiter.
Es gibt keinen Ausweg.

Sie bringen Irmi ins Zimmer.
Bei ihrem Anblick beginnt Hellmuth zu weinen.
Die Aufregung und die Sorge brechen jetzt
aus ihm heraus
Er weint und kann sich nicht beruhigen.

Irmi schlägt die Augen auf und sieht ihn kurz an.
Dann schläft sie sofort wieder ein.

Ich liebe dich, denkt er.
Es ist ein Wunder, ein Kind zu haben.
Wir nennen es Peter.
So hieß mein bester Freund,
der Schlosser Peter Hasslick.
Mein Freund, der im Lazarett von Orscha
gestorben ist.

Neue Pläne

Die Zimmertür geht auf.
Eine Frau bringt das Kind, ein winziges Bündel.
Die Frau hat ein rotes Gesicht
und eine laute Stimme.
„Sie sind der Vater, nehme ich an.
Ich bin Frau Else Viernisch, die Hebamme.
Kommen Sie näher.
Haben Sie Alkohol oder Kaffee getrunken?"
„Keinen Tropfen", sagt Hellmuth.

Hellmuth ist so gespannt:
Wie sieht unser Peter aus?
Hat er Irmis blaue Augen?
Ihren schönen Mund?
Oder sieht er mir ähnlich?
Hoffentlich nicht!

„Und jetzt der kleine Kerl", sagt die Hebamme.
Der Junge hat weiche blonde Haare.
Die Nase ist noch etwas platt.
Er kneift die Augen zusammen.

Hellmuth atmet tief durch.
Die winzigen rosa Fingernägel!
Hellmuth hat Tränen in den Augen.
Er weiß gar nicht, was er tun soll.

„Ist er nicht süß?", flüstert Irmi.

„Er hat Hunger", sagt Frau Viernisch.

Sie zeigt Irmi, wie sie das Kind stillen soll.

Dann kommt Professor Goldstein zur Visite.

Er ist zufrieden.

Irmi hat den Kaiser-Schnitt gut überstanden.

Und Peter ist ein gesundes Kind.

Nach der Visite geht Hellmuth.

Denn Irmi ist müde.

***

Kommissar Runckel untersucht den Tod
von Herrn Lohmann.

Er spricht mit Hellmuth über die Erkenntnisse:

„Wir haben noch keine Spur zum Mörder.

Das Motiv ist klar:

Da wollte einer klauen.

Herr Lohmann hat ihn überrascht.

Der Dieb hat ihn dann einfach getötet.

Nach diesem Krieg fällt das vielen Menschen leicht.

Die Untersuchung von der Leiche ist vorbei.

Bald können Sie Herrn Lohmann beerdigen lassen."

Wegener beauftragt die Firma Fortmann,
die Beerdigung vorzubereiten.

Dann setzt er sich in die Apotheke und überlegt.

Wie geht es jetzt weiter?
Der Apotheker ist tot.
Und ich stecke mitten im Bau
von einer Fabrik für Arznei-Mittel.
Aber ich habe keine Ahnung von Arznei-Mitteln.
Soll ich doch Medizin studieren?
Was bringt das? Es dauert zu lange.
Also: Ich muss weitermachen wie bisher.

Als Hellmuth einige Tage später im Krankenhaus
bei Irmi ist, sagt Professor Goldstein zu ihm:
„In der Zeitung steht:
Die Polizei hat einen Einbrecher verhaftet.
Einen jungen Burschen, sechzehn Jahre alt.
Sie glaubt, er ist der Mörder.
Stellen Sie sich das vor!
Das kommt alles vom Krieg."

Dann kommt die Beerdigung.
Es ist Spätherbst.
Die Sonne scheint hell,
aber die Tage sind schon kühl.
Hellmuth lernt Hannes Lohmann
und Heribert Bluttke kennen.

„Wir waren deine Trau-Zeugen",
sagt Hannes Lohmann.
Er ist der Onkel von Irmi.

„Ich habe mich damals gefragt:
Eine Braut heiraten, die man nie gesehen hat?
Wer tut so was?"
Er lacht.

„Wo ist denn Irmi?", fragt Bluttke.
„Im Krankenhaus", antwortet Hellmuth.
Sie hat ein Kind bekommen, unseren Peter."

„Das ist völlig verrückt!", sagt Bluttke.
„Den Vater bringen sie um.
Und die Tochter kriegt ein Kind!"

Wegener geht schnell zur Kapelle.
Ihm wird schlecht wegen Bluttke und Lohmann.

Hellmuth lernt auf der Beerdigung auch
Dr. Eduard Schwangler kennen.
Das ist der Anwalt von seinem Schwieger-Vater.
„Ihre Frau ist Allein-Erbin.
Werden Sie jetzt die Apotheke übernehmen?"

„Ich werde einen Apotheker einstellen",
sagt Wegener.
„Ich selbst werde die Fabrik betreuen.
Ich habe keine Lust mehr,
zu lernen und Prüfungen zu machen.
Der Krieg hat mich verändert.

Ich gehe jetzt diesen Weg.
Ich will die Fabrik leiten.
Ich glaube, das ist ein guter Weg."

Nach zehn Tagen wird Irmi
mit dem kleinen Peter entlassen.
Hellmuth hat die ganze Wohnung
mit Blumen geschmückt.
Er hat Nachbarn und Freunde eingeladen.
Es gibt Drinks und belegte Brötchen.
Schnell sind die Platten leer.

Dr. Schwangler erscheint.
„Im Gesetz steht:
Nur ein Apotheker darf eine Apotheke führen.
Stellen Sie doch einen Provisor ein.
Der ist Apotheker und Verwalter in einem
und kostet nicht viel."

Schwangler grinst.
„Was wollen Sie in Ihrer Fabrik herstellen?"
Hellmuth Wegener breitet die Arme aus.
Als ob er seine großen Pläne so zeigen kann.
„Nerven-Nahrung. Vitamin-Pillen.
Stärkungs-Mittel. Gut für den Organismus."

„Und für den Orgasmus", lacht Dr. Schwangler.
„Das wird ein gutes Geschäft!"

Der Provisor heißt René Seifenhaar.
Er ist groß, schlank, vornehm.
Er hat schöne Locken und eine sanfte Stimme.
Die Kundinnen schwärmen bald für ihn.
„Der Kerl ist schwul bis in die Knochen",
sagt Dr. Schwangler.

Bald darauf ist die Fabrik von Hellmuth fertig.
Die Produktion beginnt.
Schon nach wenigen Wochen ist das erste
Stärkungs-Mittel fertig: Vitalan.

Im Januar 1949 gibt es einen Kongress
von Apothekern in Zürich.
Hellmuth Wegener wird ebenfalls eingeladen.
Er soll einen Vortrag halten.
Dr. Schwangler hat das veranlasst.

Wegener bekommt Angst.
Er hat doch keine Ahnung von Medizin.
Er geht zum Haus-Arzt.
„Mein Bein schmerzt sehr."
Der Arzt empfiehlt ihm:
„Schonen Sie sich, Herr Wegener.
Legen Sie sich eine Woche ins Bett."

Also fährt René Seifenhaar nach Zürich.
Er erledigt seine Sache bestens.

Er macht die neue Firma bekannt.
Er macht gute Werbung für die Produkte.
Und er lernt viele Menschen kennen.

***

Dann kommt die Einladung
zum Klassen-Treffen in Hannover.
„Musst du hinfahren?", fragt Irmi.
„Warum nicht?", meint Hellmuth leichtsinnig.

Aber plötzlich erkennt er:
Jetzt wird es gefährlich.
Ich bin ein Idiot!
Was, wenn jemand merkt,
dass meine Geschichte eine einzige Lüge ist?
Dass ich nicht der bin, für den ich mich ausgebe?

Unsicher und ängstlich fährt er nach Hannover.
Die Namen der Jungen aus seiner Klasse
hat er sich besorgt und gelernt.
Aber wie besorgt man sich Erinnerungen?

Klassen-Treffen

Das Hotel in Hannover ist klein.
Aber jemand aus der Klasse hat dort
schon für alle reserviert.
Lauter Doppel-Zimmer!
Hellmuth muss sich das Zimmer teilen.

Hellmuth liest gerade etwas,
als sein Mit-Bewohner ankommt.
„Walter Zyschka."
„Hellmuth Wegener."

„Mensch! Du bist Hellmuth?
Was haben wir uns verändert.
Dieser Scheiß-Krieg!
Sag mal: Hast du nicht Medizin studiert?"
Walter Zyschka redet wie ein Wasserfall.

„Ich habe damit aufgehört, Walter."
„Du bist verrückt, Hellmuth.
Du hast immer Erfolg gehabt.
In der Schule. Bei den Mädchen."

„Nach der Gefangenschaft hat mich
alles angekotzt.
Außerdem bin ich verheiratet.
Und ich habe einen Sohn.

Meine Irmi hat eine Apotheke geerbt.
Ich baue eine Fabrik für Arznei-Mittel auf."

„Natürlich!", ruft Zyschka aus.
„Hellmuth Wegener hat immer Glück."

Es wird ein schönes und lustiges Wiedersehen.
Hellmuth muss die ganze Zeit aufpassen:
Er darf nichts Falsches sagen.
Keiner darf merken, dass er sie alle nicht kennt.

„Jungs, wir waren eine gute Klasse!", ruft einer.
„Was sagen unsere Lehrer dazu?"
„Ihr wart Nerven-Sägen!",
sagt Lehrer Sachtmann.
„Und ihr wart schlecht in Mathematik."

Lange sprechen sie von den alten Zeiten.
„Immer alt, alt, früher, früher.
Jungs, wir sind doch keine Greise", sagt Fritz Leber.
„Wir waren 29 oder 30 Jungs in der Klasse.
Dann haben sie einen Krieg angefangen.
Sie haben uns viele Jahre gestohlen.
Zwei sind noch in Sibirien in Gefangenschaft.
Neun aus unserer Klasse sind gefallen.
Nur wir zwölf sind übrig.
Wir sollten das Beste aus unserer Zeit machen."
Fritz Leber hebt sein Glas und prostet allen zu.

Die meisten sind mittlerweile betrunken.
Hellmuth ist wachsam und trinkt nicht viel.
Er spielt eine Rolle,
bei der er immer aufpassen muss.

Meistens hört er zu und sammelt Informationen.
Manchmal redet er über Medizin.
Die medizinischen Wörter kennt er,
sonst keiner.
So kann ihm kein Fehler passieren.

Erst als es Morgen ist,
gehen sie auf ihre Zimmer.
Walter Zyschka schnarcht fürchterlich.
Das Zimmer stinkt nach Alkohol.
Hellmuth Wegener kann nicht einschlafen,
obwohl er sehr müde ist.

Morgen bin ich wieder in Köln, denkt er.
Bei Irmi.
In ihren weichen, warmen Armen.
Was für ein glückliches Leben.
Erhalte es mir, Gott. Bitte.

Am nächsten Tag reisen alle wieder ab.
Hellmuth atmet auf.
Alles ist gutgegangen.
Keiner hat den Schwindel bemerkt.

Hellmuth sagt zu sich selbst:
„Das lief wirklich gut!
Was ich dafür tun muss:
Schnell reagieren.
Mich nicht versprechen.
Fremde Erinnerungen übernehmen.
Wachsam sein.
Hellmuth, du bist ein Schwein.
Aber ein liebenswertes Schwein."

Das Erbe

René Seifenhaar hat auf dem Kongress in Zürich
Giulio Betrucci kennengelernt.
Betrucci ist Leiter von einer Firma
für Arznei-Mittel in Italien.
Und Betrucci hat sich in Seifenhaar verliebt.
Schwangler ist begeistert.
„Betrucci will mit uns zusammenarbeiten.
Zusammen mit den Italienern werden wir
sehr viel Vitalan verkaufen!"

***

Karneval ist gerade vorbei.
Hellmuth Wegener bekommt einen Brief
von Dr. Siemsmeier, einem Notar in Hannover.
In dem Brief steht:
Axel Hellebrecht ist gestorben.
Hellebrecht war der Besitzer von der
Chemie-Firma Protosano.
Axel Hellebrecht hatte keine Familie.
Er war entfernt mit Hellmuth Wegeners
Mutter verwandt.
Aber Hellmuth Wegeners Eltern sind vor Jahren
bei einem Unfall gestorben.
Also soll Hellmuth Wegener die Firma erben.
Und die große Villa mit dem Park noch dazu.

Hellmuth Wegener ist der einzige Erbe.
Er soll nach Hannover zum Notar kommen.
Dort wird er alles Weitere erfahren.

Hellmuth schwitzt und denkt:
Das ist das Ende.
Jetzt muss ich nachweisen,
dass ich wirklich Hellmuth Wegener bin.
Es geht wohl um Millionen D-Mark.
Ich weiß nichts von diesem Onkel.
Ob meine Papiere von der Wehrmacht reichen?
Kenne ich alle Vornamen von meinem Vater
und von meiner Mutter?
Kenne ich die Geburtstage?
Die Geburtsorte?

Irmgard ist sprachlos.
„Der einzige Erbe!", sagt sie und zittert.
„Hellmuth, was für eine Chance!"

„Soll ich das Erbe besser ablehnen?",
fragt Hellmuth.
„Ich weiß es einfach nicht."

„Du bist verrückt!"
Irmis Stimme ist hart.
Energisch.
Fremd.

„Irmi, dieses Erbe macht unsere Familie kaputt",
ruft Hellmuth verzweifelt.
Ich werde ständig unterwegs sein.
Geschäfts-Reisen. Konferenzen.
Das schaffe ich nicht."

„In der Firma sind doch Abteilungs-Leiter.
Und Rechts-Anwälte.
Die unterstützen dich.
Und ich bin auch noch für dich da."
Irmi klingt sehr energisch.

***

Hellmuth und Irmgard Wegener
und Dr. Schwangler sind bei Dr. Siemsmeier.
Ein vornehmer Mann mit grauen Haaren.
Er liest das Testament vor.
Dann fragt er Hellmuth:
„Nehmen Sie das Erbe an?"

„Wir wollen erst alles besichtigen",
sagen Irmgard und Dr. Schwangler.

Die Firma Protosano ist riesig.
Aber es sind fast nur Trümmer übrig.
„Zwei kleine Hallen stehen wieder",
erklärt Dr. Siemsmeier.

„Für Forschung und Herstellung.
Der Wert von den Grundstücken, den Hallen,
den Maschinen, dem privaten Konto:
ungefähr 3 Millionen D-Mark.
Und es gibt 40 Arbeitskräfte."

„Warum ist alles kaputt?", fragt Wegener.
„Wurde die Firma von Bomben getroffen?"

„Nein.
Hier hat man auch Gift-Gas hergestellt.
Für die SS.
Die Alliierten haben alles gesprengt."

„Ich nehme das Erbe nicht an!",
ruft Wegener entsetzt.

„Halt!", sagt Dr. Schwangler.
„Hellebrecht ist tot. Die Fabrik ist kaputt.
Aber Sie, Wegener, sind eine neue Generation.
Sie haben nichts falsch gemacht.
Wir verkaufen hier alles.
Wir bauen Protosano in Köln wieder auf.
Wir nehmen das Erbe an!"

„Das ist eine kluge Entscheidung",
sagt Dr. Siemsmeier.
„Der Name Protosano ist berühmt und unbezahlbar."

Aufbau-Jahre

In den nächsten Jahren arbeiten
Hellmuth und Irmgard und Dr. Schwangler sehr viel.
Sie errichten ein neues Protosano-Werk
vor den Toren der Stadt Köln.
Am 1. Mai 1951 beginnen sie,
Protosano herzustellen.
Die kleine Fabrik für Vitalan bleibt in Köln.
Hinter der Apotheke.

Am Abend gibt es eine Feier
mit vielen wichtigen Leuten.
Die Zeitungen drucken ein Foto
von den wunderbar dekorierten Tischen.

Nach der Feier steht Hellmuth
im Schlafzimmer, vor dem Spiegel.
Er ist entsetzt:
„Ich bekomme einen Bauch, Irmi."

„Schön", lacht Irmi.
„Dann bist du nicht mehr so knochig."

„Es war eine schöne Feier, Irmi",
sagt Hellmuth zufrieden.
Du hast gut ausgesehen in deinem neuen Kleid."
Irmi sitzt nackt auf dem Bett und wartet.

„Gute Nacht, Liebling", sagt Hellmuth.
Er dreht sich um und schläft sofort ein.
Irmi legt sich neben ihn und weint still.

Hellmuth und Irmgard Wegener wohnen
noch immer über der Apotheke.
Aber viele Möbel sind jetzt neu.
Hellmuth kauft auch Bilder.
„Die Nazis haben solche Bilder verboten.
Aber ich weiß:
In einigen Jahren werden sie sehr wertvoll sein."

Hellmuth besucht noch zwei Klassen-Treffen.
Es klappt immer besser:
Er lacht und erzählt mit den anderen,
als wäre er tatsächlich in dieser Klasse gewesen.
Hellmuth gibt einigen Klassen-Kameraden
gute Aufträge beim Bau von der Fabrik.
Und Walter Zyschka leitet jetzt
die Rechts-Abteilung von Protosano.

Hellmuth lernt noch immer viel über Medizin.
Und alles über Arznei-Mittel.
Er kauft sich die besten Fach-Bücher.

Hellmuth hat nur wenig Zeit für die Familie.
Drei Jahre lang geht das so.
Er wird dicker.

Im Jahr 1952 bekommt Irmi das zweite Kind.
Eine Tochter mit dunklen Haaren.
Vanessa Nina.
Professor Goldstein sagt zu Hellmuth:
„Diese Wunden! Ihre Frau ist sehr tapfer.
Aber zwei Kaiser-Schnitte sind genug."

„Das denke ich auch."
Hellmuth nickt dem Professor zu.

Hellmuth und Dr. Schwangler sagen
inzwischen „Du" zueinander.
Schließlich haben sie ständig miteinander zu
arbeiten.
Und sie verstehen sich sehr gut.

„Sag mal, Hellmuth", fragt Schwangler,
als die beiden ein Glas auf die Geburt trinken.
Warum wohnt ihr noch
in diesen engen Zimmern?
Warum muss Irmi noch immer
alles allein machen?
Du hast so viel Geld."

„Eduard, ich baue ein Haus für meine Familie.
In drei Wochen geht es los.
In einem Park am Rand vom Stadt-Wald."
Hellmuth legt einen Finger an die Lippen.

Schwangler schaut ihn erstaunt an.
„Hellmuth, du Lump! Wer weiß das?"

„Keiner", lacht Hellmuth.
„Und wenn du es verrätst, dann ..."

Eduard Schwangler prostet seinem Freund zu.
„Hellmuth, vor fünf Jahren
warst du noch in Sibirien.
Toll, wir haben seitdem so viel geschafft!"

Das Haus

Hellmuth und Eduard müssen oft
ins Ausland reisen. Geschäftlich.
In Rom veranstaltet Betrucci Bälle.
Irmgard Wegener besucht die Bälle.
Alle sagen: „Sie ist wunderschön."

Die fleißigen Deutschen sind aber auch erfolgreich.
Das gefällt nicht allen.
Manche sind neidisch.

Hellmuth Wegener hat ein anderes Problem:
Er vergisst viele Wörter aus der Medizin.
Aber auch anderes Dinge:
Über fremde Länder.
Über frühere Zeiten.
Über Bücher und Kunst.

Er bezahlt deshalb einen Lehrer im Ruhestand.
Für dreimal vier Stunden in der Woche.
So kann er viel lernen.
Keiner weiß davon.
Er mietet sich dafür extra ein Zimmer.

An einem Tag vor Weihnachten
verlässt Hellmuth gerade das Haus,
in dem sein Lern-Zimmer ist.

Da kommt Schwangler um die Ecke.
Beide staunen.
Schwangler lächelt.
„Wie heißt die Frau?
Ist sie blond, schwarz oder rot?"

„Schwarz", sagt Hellmuth.
Aber das stimmt nicht.
Es gibt da keine Frau.

„Übernimm dich nicht, alter Junge!",
sagt Schwangler.
„Und keine Angst, ich verrate dich nicht."

Am Heiligen Abend, mittags, sagt Hellmuth
zu Irmi und den Kindern:
„Ich habe eine Überraschung für euch.
Kommt mit!"

Sie fahren an den Stadt-Rand.
Es ist bitterkalt.
Plötzlich hält Hellmuth an.

Irmi erschrickt.
„Willst du etwa spazieren gehen? Hier?"
Sie gehen tatsächlich ein paar Schritte.
Vor einem Roh-Bau fragt Hellmuth:
„Was siehst du?"

Da begreift Irmi.
„Ist das unser Haus?"

„Ganz allein unser Haus."
Hellmuth strahlt sie stolz an.

„Das ist total verrückt, Hellmuth.
Ein wunderbares Weihnachts-Geschenk!",
strahlt Irmi. Dann wird sie ernst.
„Aber so viel Glück ist mir unheimlich."

„Es wird alles gutgehen, Irmi",
beruhigt Hellmuth seine Frau.

„Du bist der beste Mann auf der ganzen Welt,
Hellmuth", lacht Irmi glücklich.

Hellmuth küsst sie und denkt dabei:
Du weißt nicht, wer ich bin.

***

Nach zwei Jahren ist das neue Haus fertig.
Wegener macht jetzt eine komische Sache.
Er nimmt alle Möbel aus der alten Wohnung mit.
Stellt sie in einem großen Zimmer wieder auf.
Genauso, wie sie vorher
in der Wohnung standen.

Die Wände baut er aus Sperrholz.
Nur die Küche konnte nicht mitkommen.

„Verrückt", sagt Fritzchen Leber, der Architekt.
„Warum tut er das?"

Irmi weiß es.
„Weil er darin glücklich war."

***

Im Februar 1956 wird Vanessa Nina krank.
Mandel-Entzündung.
Hellmuth will sie nicht selbst behandeln.
Deshalb lässt er Dr. Bernharts rufen.

„Ein sympathischer Mensch", sagt Hellmuth.
Dr. Bernharts kommt oft vorbei.
Auch, als Vanessa Nina wieder gesund ist.
Denn Dr. Bernharts ist jetzt
der Haus-Arzt von Familie Wegener.
Er unterhält sich oft und lange
mit Irmgard Wegener.

Eduard Schwangler fällt das gleich auf.
„Bestimmt schwitzt er,
wenn er das Herz von Irmi abhört.
Da sieht er nämlich ihre Brust."

„Ich vertraue Irmi völlig", sagt Hellmuth.
Trotzdem bleibt er wachsam.

Schwangler fragt:
„Wenn Irmi zum Frisör geht,
geht sie dann wirklich zum Frisör
oder zu einem anderen Mann?"
Hellmuth merkt sich diese Worte.

Einmal meint Dr. Bernharts:
„Sie müssen abnehmen, Herr Wegener.
Früher, im Krieg und danach,
lebten wir gesünder."

Am Abend fragt Hellmuth seine Frau:
„Irmi, bin ich zu dick?"

„Noch nicht", meint Irmi.
„Du bist aber kurz davor."

Urlaub

„Wir machen Urlaub in den Bergen",
beschließt Hellmuth.
„Und wir laufen von morgens bis abends Ski."

Sie fahren in ein Dorf in den Alpen.
Das Dorf liegt in Italien.
Am dritten Tag bricht sich Hellmuth
den Unter-Schenkel.
Auf einer ganz leichten Piste.
Er ist wütend:
sechs bis acht Wochen Gips!

Er liest viel und er langweilt sich viel.
Irmgard geht zu den Partys im Hotel.
Die Männer sind immer um sie herum.
Hellmuth ärgert sich.
Dann ruft er Schwangler an:
„Komm sofort her."

Abends gibt es ein Kostüm-Fest im Hotel.
Hellmuth gibt zwei Angestellten vom Hotel
etwas Geld und lässt sich von ihnen
auf den Dachboden tragen.
Durch eine Luke für die Lüftung kann er
in den Saal hinunterschauen.
Er entdeckt Irmgard sofort.

Mehrere Männer umringen sie.
Sie sieht süß aus.
Sie lacht und trinkt Sekt.
Hellmuth denkt: So kenne ich sie gar nicht.
Liegt es an mir? Hat sie das vermisst?
Das fröhliche Leben, das Feiern?

Am nächsten Tag trifft Schwangler ein.
„Hellmuth, du Hornochse!
Warum bist du eifersüchtig?
In deinem Leben gibt es schließlich auch
die Frau mit den schwarzen Haaren!"

„Das ist etwas anderes", brummt Hellmuth.
„Kümmere dich um Irmi."

„Als Ersatz für dich?",
lacht Schwangler.

Hellmuth lacht jetzt auch.
„So ähnlich, Edi.
Wir bleiben noch zehn Tage.
Ich will Irmi in guten Händen wissen."

Professor Goldstein

Aber drei Tage später ruft Dr. Bernharts an.
„Professor Goldstein hat versucht,
sich das Leben zu nehmen."

„Mein Gott", flüstert Hellmuth.
„Warum nur?"
Er sieht den Arzt vor sich,
der seine Kinder zur Welt gebracht hat.

Dr. Bernharts hat keine Antwort.
„Man konnte ihn retten, aber er sagt nichts."

Sie reisen sofort ab.
Hellmuth geht ins Krankenhaus.
Goldstein liegt unter einem Sauerstoff-Zelt.

Hellmuth denkt immer wieder:
Warum nur?
Als Goldstein anfängt zu sprechen,
versteht Hellmuth.
Nach zehn Minuten weiß er,
warum Goldstein nicht mehr leben will.

Eine Patientin hat ihm
von ihrer Vergangenheit erzählt.
Sie war Aufseherin in einem Konzentrations-Lager.

In diesem Lager gab es Gefangene,
die hießen Goldstein.
Die Goldsteins wurden im Lager ermordet.
Mit Gas.
Gas aus der Fabrik von Axel Hellebrecht.
Dem Onkel von Hellmuth Wegener.

Goldstein sieht Hellmuth Wegener an.
„Die Menschen im Lager waren meine Familie.
Meine Mutter, meine Geschwister.
Das habe ich nicht ertragen, Herr Kollege.
Ich habe keine guten Nerven.
Nicht so wie Sie."

Hellmuth denkt:
Er bewundert meine Kraft.
Dass ich damit umgehen kann,
was meine Firma früher hergestellt hat.
Aber er kennt nicht meine ständige Angst.
Die Angst, dass jemand mich erkennt.
Die Angst vor der Entdeckung,
dass ich nicht Hellmuth Wegener bin.

***

Goldstein geht es langsam besser.
Schließlich macht er Urlaub in Italien.
Auf der Insel Capri.

Dort geschieht es.
Am Rand von einem Felsen, hoch über dem Meer.
Goldstein rutscht aus. Stürzt in die Tiefe.
Seinen Körper hat keiner gefunden.

Zeugen sagen:
„Das war ein Unfall. Ganz sicher."
Hellmuth Wegener glaubt es nicht.
Aber er sagt es keinem.

Die Briefe

Die nächsten Jahre verlaufen ruhig.
Die Kinder wachsen heran.
Hellmuth und Irmgard kaufen
teure Möbel, Teppiche, Bilder.

Im Jahr 1964 macht Wegener
aus Protosano und Vitalan eine einzige Firma.
Die neue Firma heißt Euro-Medica.
Vorher hat eine große Zeitung über die Firma
Protosano und über das Gift-Gas geschrieben.
In dem Artikel stand:
Der Reichtum von Hellmuth Wegener
ist auf dem Tod unzähliger Menschen aufgebaut.

Hellmuth will nun doch
den Namen Protosano loswerden.
Er will nichts mehr mit Axel Hellebrecht
und mit der Zeit damals zu tun haben.

***

Hellmuth wiegt immer mehr.
Dr. Bernharts warnt ihn wieder. Ohne Erfolg.

Einmal fragt Edi Schwangler
nach der Frau mit den schwarzen Haaren.

Hellmuth Wegener ist sehr sauer.
„Es gibt diese Frau gar nicht!"

Er beendet auch die Stunden
bei dem Lehrer im Ruhestand.
„Ich besitze jetzt genug Allgemein-Bildung.
Und ich kenne mich sehr gut aus in der Medizin",
sagt er zu sich selbst.

Einmal denkt er:
Die Vergangenheit ist völlig verschwunden.
Nichts ist mehr übrig von dem alten Leben.
Es kann nichts mehr passieren.
Ich *bin* Hellmuth Wegener.

Dann kommt der 17. September 1965.
Peter Wegener ist jetzt 17 Jahre alt.
Er ist auf dem Dachboden der Villa.
Dort sucht er alte Klamotten.
Denn er will sich verkleiden.
In einer Truhe findet er alte Briefe
von Hellmuth Wegener an Irmgard Lohmann.
Briefe aus dem Krieg.
Aus den Jahren 1943 und 1944.

Peter zeigt die Briefe seiner Mutter.
„Schau, Mama.
Die Zeit kann Menschen so sehr verändern.

Die Schrift von Papa im Krieg
und die Schrift von Papa heute:
ganz verschieden!"

Irmgard Wegener sieht ihren Sohn Peter
schweigend an.
Peter wird unsicher.
Da sagt Irmi:
„Du kennst den Krieg nicht.
Du kennst Sibirien nicht.
Dein Vater kam zurück.
Aber als ein anderer Mensch.
Und trotzdem derselbe Mensch.
Auch die Schrift kann verloren gehen.
Wie das alte Leben."

„Bestimmt ist es so", sagt Peter.
„Aber ist das nicht komisch, Mama?"

„Nicht komisch, sondern traurig, Peter",
verbessert Irmi ihren Sohn.
„Leg die Briefe wieder zurück.
Und denk mal darüber nach:
Dein Vater hatte keine Hoffnung mehr.
Aber er kam zurück.
Abgemagert und schmutzig.
Nach so langen Jahren in Gefangenschaft.
Und wir sind glücklich geworden."

Am Abend sagt Irmi zu Hellmuth:
„Übrigens, Peter hat deine Briefe an mich gefunden.
Die Briefe aus dem Krieg."

„Hat er sie gelesen?", fragt Hellmuth
und sieht seine Frau erschrocken an.

„Ja. Aber die Briefe sind doch nicht schlimm."
Irmi versteht nicht,
warum Hellmuth so erschrickt.

„Irmi, jetzt weiß er, was wir damals dachten.
Das sind doch ganz private Briefe.
Das ist mir peinlich", meint Hellmuth.

„Das ist ihm egal, Hellmuth", sagt Irmi.
„Ihm fiel deine Handschrift auf."

Im Kopf von Hellmuth läutet eine Glocke.
Verdammt. Ich habe an alles gedacht, an alles.
Nur nicht an die Briefe
vom echten Hellmuth Wegener.
Und mein eigener Sohn findet jetzt diese Briefe!

Irmi erzählt weiter:
„Peter sagt, deine Handschrift ist
ganz anders geworden.
Ich habe ihm gesagt, der Krieg ist schuld."

Hellmuth überlegt:
Soll ich jetzt die Handschrift
von Wegener nachmachen?
Nein. Das ist zu auffällig.
Ich muss Hellmuth Wegener bleiben.
Aber so, wie ich jetzt bin.
Mir geht es sehr gut.
Und ich bin sehr bekannt.
Peter Hasslick gibt es nicht mehr.

Hellmuth geht allein zu Bett.
Irmi will noch zehn Minuten fernsehen.
Hellmuth fühlt sich plötzlich einsam.
Er denkt:
Früher sind wir gemeinsam schlafen gegangen.
Wir haben uns geküsst.
Es war Abend, es war dunkel.
Die Arbeit vom Tag war getan.
Es war unsere Zeit. Unsere glückliche Zeit.
Was ist anders geworden?
Ist die Liebe gestorben?

Hellmuth bleibt vor dem Bett stehen.
Er betrachtet sich im Spiegel. Müde.
Du bist dick geworden, sagt er zu sich.
Wie ein Kloß.
Das Hemd zu eng, die Hose zu eng.
Aber Irmi liebt dich.

Und du? Warum bist du nicht
noch zehn Minuten bei ihr geblieben?
Bei ihrem jugendlichen, weichen Körper
mit den herrlichen Brüsten?

Er zieht sich fertig aus.
Setzt sich.
Sieht in den Spiegel.
Der große Bauch!

Irmi kommt aus der Dusche.
Er zieht ihr Handtuch weg. Umarmt sie.
„Bin ich ein fettes Monster?"

„Was ist los mit dir, Hellmuth?"
Sie bewegt sich. Will von ihm weg.

Er drückt sie ins Bett.
„Du bist mein Herz", ruft er.
„Aber was ist aus uns geworden?
Alles muss anders werden."

„Ich liebe dich doch, Hellmuth."
„Mit 190 Pfund?"
„Es sind 190 Pfund von dir, Hellmuth!"

Sie schlafen miteinander.
Aber er sieht in den Spiegel und erschrickt.

Sie ist so zart.
Und ich bin so fett.
Es ist furchtbar.

Seine Lust ist plötzlich weg.
Sex ist nicht mehr möglich.
Er kann nicht mit Irmi schlafen,
wenn er sein Bild vor Augen hat.
So fett, so schwer.

Rom

Eduard Schwangler kommt in das Büro
von Hellmuth.
„Du musst nach Rom.
Ich bin zur gleichen Zeit in Stockholm.
Du musst also selbst nach Rom."

Hellmuth weigert sich.
„Ich gehe in eine Klinik.
Für acht Wochen.
Ich muss abnehmen."

Eduard Schwangler widerspricht.
„Vorher musst du nach Rom.
Das wird dir genauso guttun.
Rom – die Stadt der Liebe!"

„Raus mit dir, Eduard", sagt Hellmuth leise.
„Sonst bringe ich dich um."

Schwangler ruft bei René Seifenhaar an.
Danach lächelt er zufrieden.
Hellmuth wird es bald bessergehen.
In Rom.
Er wird wieder jung sein.

***

Als Hellmuth in Rom ankommt,
stellt Seifenhaar ihm Gräfin Elietta Daglietti vor.
„Die schönste Frau von Rom.
Und sie kennt viele Menschen.
Das ist vielleicht gut für unsere Geschäfte."

Hellmuth ist fasziniert von der Gräfin.
Sie fährt ihn in ihrem Sportwagen ins Hotel.
Die Gräfin fährt barfuß.
„So hat man ein besseres Gefühl.
Oder haben Sie etwa Angst vor Gefühlen?"

Etwas erwacht in Hellmuth.
Etwas prickelt.
„Warum sagen Sie nichts?", fragt sie.
„Ich genieße", meint Hellmuth.
„Rom oder mich?" Die Gräfin lacht.
„Beides gehört zusammen", findet er.
„Das ist nicht nett!", ruft die Gräfin.
„Rom ist alt. Bin ich alt?
Machen Sie das wieder gut.
Gehen Sie mit mir essen.
Um einundzwanzig Uhr?"

Er wohnt in einer Suite im Hotel.
Er sieht sich im Spiegel.
Vierzig Pfund zu viel. Eindeutig.
Er nimmt sich vor, abweisend zur Gräfin zu sein.

Vergebens.
Sie ist wunderschön.
Ihr Kleid lässt viel Haut sehen.
Hellmuth fehlen die Worte.

Sie gehen in ein kleines Lokal.
Bestellen Pizza und Rotwein.
Sie trinken gemeinsam.
Sehen sich in die Augen.
Etwas passiert.

Sie fahren mit dem Taxi
zum Haus der Gräfin.
„Das ist die Villa von meiner Familie.
Sie gehört mir teilweise."

Sie gehen durch den Park zur Villa.
Da küsst sie ihn.
Wild. Leidenschaftlich.
„Ich liebe dich", sagt sie.
„Alles ist so anders mit dir, so wunderbar."

Später liegt Elietta atemlos neben ihm.
Der Morgen dämmert.
Sie bemerkt die Narbe am rechten Ober-Schenkel
von Hellmuth.
„Stammt die aus dem Krieg?", fragt sie.
„Ja. Russland", antwortet Hellmuth.

„Wie alt bist du, Hellmuth?"
„46 Jahre."
Sie glaubt es nicht und nimmt seinen Pass.

Sie liest sein Geburts-Datum.
Und dann liest sie laut:
„Besonderes Kennzeichen: Narbe am Oberarm."
Sie dreht sich fragend zu ihm.
„Noch eine Narbe?
Die habe ich gar nicht gesehen!"

Hellmuth sitzt erstarrt da.
Er weiß: Es gibt keine Narbe dort.
„Ich habe sie entfernen lassen", sagt er.
„Ich bin nämlich ziemlich eitel.
Auch wenn du das vielleicht nicht glaubst,
weil ich so dick bin.
Aber ich will ja auch abnehmen.
Und die Narbe habe ich vor langer Zeit
entfernen lassen."

Dann schlafen sie noch einmal miteinander.
Er hört ihren Atem.
„Ich werde verrückt", sagt sie leise.
„Du bist es, der mich verrückt macht."

Verliebt

Sie verbringen die Nacht und den Tag im Bett.
Und noch eine Nacht.
Sie zerkratzt seinen Rücken.
Hellmuth ist glücklich.
Er hat nicht versagt.

„Du bist ein herrlicher Mann", flüstert Elietta.
„Du bist zärtlich und stark, schwer und leicht.
Ich liebe dich."

Später sieht Hellmuth in den Spiegel.
Er begreift das nicht:
Warum liebt die wunderbare Gräfin ihn?

Und er denkt an Irmi.
Aber er hat kein schlechtes Gewissen.
Ich liebe Irmi. Und ich liebe Elietta.
Ist so etwas möglich?
Ich muss einen Psychologen fragen.
Irmi und Elietta sind beide wunderbar.
Ich möchte am liebsten bei beiden sein.
Beide Frauen sind so wichtig für mich.

Er fährt mit dem Taxi in die kosmetische Klinik
von Dr. Mario Salieri.
„Was kann ich für Sie tun?", fragt der Doktor.

„Ich brauche eine Narbe", erklärt Hellmuth.
Der Doktor begreift nicht.
„Wie bitte? Sie ... brauchen eine Narbe?
Das habe ich noch nie gehört."

Hellmuth erklärt dem Doktor, was er möchte.
Salieri nennt den Preis.
„Verdammt teuer", sagt Hellmuth.
„Ich komme am 29. September.
Wie lange wird alles dauern?"
„Ungefähr zwei Wochen", sagt der Arzt.

Hellmuth bleibt noch vier Tage in Rom.
Er erfindet Ausreden.
Aber Schwangler hat ihn durchschaut.
„Irmi wollte zu dir nach Rom kommen.
Ich habe sie überzeugt, das nicht zu tun.
Ich denke, das ist in deinem Sinn ..."

Hellmuth lächelt und denkt:
Ich lebe im Paradies.
Die schönste Frau Roms hängt an mir.
Und Irmi hängt an mir.
Aber sie wird die Kratzer auf meinem Rücken sehen.
Was sage ich bloß zu Irmi?

Hellmuth und Elietta stehen in der Halle
vom Flugplatz.

„Du hast mein Leben verändert", sagt sie.
„Aber du wirst Irmgard nie verlassen. Das weiß ich.
Wann kommst du wieder?"

„In drei Wochen. Ich muss jetzt los."
Er küsst sie, dann läuft er los.

Im Flugzeug schläft Hellmuth schnell ein.
„Mensch, Peter!", sagt plötzlich eine Stimme.
„Nach so langen Jahren!
Du bist doch Peter Hasslick!
Erkennst du mich nicht? Rudi Velbert."

Hellmuth erstarrt.
„Ich kann mich nicht erinnern."

Rudi Velbert lacht.
„Ich bin jetzt Rechts-Anwalt in Hamburg.
Aber der Laden läuft nicht gut."

Eine Stewardess kommt vorbei.
„Darf ich Ihnen etwas bringen, Herr Wegener?"
„Nein, danke", lehnt Hellmuth ab.

Velbert wundert sich.
„Wegener? Du bist doch Hasslick. Was ist hier los?"
Hellmuth erkennt, dass lügen keinen Zweck hat.
Er erzählt Rudi alles.

Danach bittet Rudi ihn um etwas Geld.
„Peter ... nein, Hellmuth,
wir waren doch Kameraden.
Hast du eine Stelle für mich in deiner Firma?
Ich bin doch Rechts-Anwalt."

Aber Hellmuth lehnt ab.
„Nein. Es ist keine Stelle frei."

Rudi Velbert sagt:
„Hör mal, mir geht es dreckig.
Mit 3.000 D-Mark kannst du mir helfen.
Und du willst doch, dass ich dein Geheimnis hüte."

Hellmuth schluckt. Der Kerl erpresst ihn!
„Ruf Dr. Schwangler an.
Er kümmert sich darum."

Am Abend ist Hellmuth zurück in Köln.
„Du siehst müde aus", sagt Irmi.
„Rom war anstrengend", weicht Hellmuth aus.
„Die vielen Konferenzen.
Ich bin kein Typ dafür."
Irmi fragt sich, was los ist.
Aber sie spricht die Frage nicht aus.

Ein paar Tage später kommt ein Brief
von Rudi Velbert:

„Ich sitze wieder in der Scheiße.
Kamerad, ich brauche sofort 10.000 D-Mark."
Hellmuth Wegener zahlt.

In der nächsten Zeit fliegt er öfter nach Rom.
„Betrucci macht Schwierigkeiten", sagt er zu Irmi.
Und Hellmuth geht zur Kur.
Er nimmt über 30 Pfund ab.

Er denkt an den 29. September.
An dem Tag will er sich die Narbe machen lassen.
Vorher muss ich Elietta verlassen, denkt er.
Denn Elietta wird sich fragen:
Woher kommt die Narbe plötzlich?

Am 10. September ist Hellmuth bei Elietta.
Sie sitzen und reden.
Ahnt Elietta schon etwas?
„Ist es wegen deiner Frau?", fragt sie.

„Ich liebe sie. Und ich liebe dich."
Sie schweigen.
Dann erzählt Elietta:
„Dieser Dr. Schwangler hat mich angerufen.
Er hat viel geredet.
Ich wusste: Diese Stunde wird kommen.
Es ist so traurig.
Aber mir wurde klar: Du musst an viele Dinge denken.

Deine Aufgaben. Deine Zukunft.
Ich musste es einsehen.
Darum wollte ich mich umbringen.
Aus Liebe.
Aber ich habe es nicht getan."

Hellmuth springt auf.
„Elietta, ich bin ein Schwein.
Wirf mich raus!", ruft er.

Sie springt ebenfalls auf.
„Geh! Geh! Ich würde dich am liebsten umbringen."
Sie stößt ihn weinend hinaus.

Am 29. September ist der Tag der Operation.
Nach zwanzig Minuten ist alles vorbei.
Dr. Salieri ist sehr zufrieden.
Hellmuth muss noch drei Tage in der Klinik bleiben.
Dann nimmt er ein Zimmer in einem Hotel.
Irmi glaubt, dass er in Hongkong ist.
Bei einem internationalen Kongress.

Als er zurückkommt, erzählt er Irmi von der Narbe.
„Ich bin an einem Schlüssel hängen geblieben.
Ehrlich gesagt, war ich betrunken.
Diese langweiligen Geschäfts-Essen.
Ich will auch nicht wieder zunehmen.
Aber ich musste sündigen."

„Wenn es nur das Essen und Trinken ist", sagt Irmi.
Hellmuth fragt sich: Ahnt sie etwas?

***

Rudi Velbert erpresst Hellmuth immer weiter.
„Ich bin die Made in deinem Speck.
Eine zahme Made. Versprochen.
Aber: Ich will gut leben."

Hellmuth gibt ihm 20.000 D-Mark.
Velbert reist in die Stadt Cannes in Frankreich.
Er mietet eine Villa.
Und Hellmuth muss alle Rechnungen bezahlen.

Hellmuth ärgert sich immer mehr.
So geht es nicht weiter.
Ich muss zahlen, immer mehr zahlen.
Soll ich Irmi und Edi Schwangler
die Wahrheit sagen?

Velbert fordert:
„Hellmuth, kauf mir die Villa.
Ich habe eine Geliebte. Ich brauche viel Geld."

Aber Hellmuth hat genug.
„Ich zahle dir nichts mehr, Rudi.
Du bist ein elender Erpresser!"

„Bist du verrückt?", schreit Velbert.
„Denk doch nach!
Ich kann dich und deine Lügen auffliegen lassen!"

Aber Hellmuth hat genug von Rudi Velbert.
Er schmeißt ihn raus.

***

Im Mai 1969 wird Hellmuth Wegener 50.
Es gibt ein großartiges Fest.
Mit Feuer-Werk im Park vor der Villa.

Auch Velbert ist da.
„Hellmuth, ich habe noch ein Foto gefunden.
Aus dem Krieg. Wir beide sind drauf.
Und Wegener und ein paar andere Kameraden.
Wieviel zahlst du für das Foto und das Negativ?"

„300.000 D-Mark. Und dann ist Schluss",
presst Hellmuth Wegener hervor.

Fünf Tage später kommt eine Nachricht
von der Geliebten von Rudi Velbert.
Rudi Velbert ist bei einer Bootsfahrt ertrunken.

Hellmuth ist nicht traurig.

Berta Hasslick

Hellmuth sitzt am Schreibtisch
und sieht die Post durch.
Auch eine Liste vom Deutschen Roten Kreuz ist dabei.
Diese Listen kommen immer noch regelmäßig.
Suchlisten von Menschen,
die sich im Krieg verloren haben.

Eine Zeile fällt Hellmuth ins Auge:
„Ihren Sohn Peter sucht Berta Hasslick,
Lübeck, Altersheim Kesselstraße 15."

Sie lebt!
Sie ist nicht unter den Bomben gestorben!
Ich habe es 23 Jahre nicht gewusst.
Mutter lebt! Meine Mutter lebt.
Und plötzlich beginnt er zu weinen.

Vier Tage lang hat Wegener schlechte Laune.
Keiner weiß, warum.
Auch Edi Schwangler ist ratlos.
Die Firma läuft bestens, der Umsatz steigt.
Mit Irmgard gibt es keine Sorgen.
Und Elietta lebt jetzt in Süd-Amerika.
Was ist bloß los?
Schwangler fragt Hellmuth,
aber er bekommt keine Antwort.

Peter Wegener sagt zu seiner Mutter:
„Papa ist 50 geworden.
Ich glaube, das ist sein Problem.
Du und er, ihr seid 25 Jahre zusammen.
Dadurch sind viele Dinge normal geworden.
Und langweilig.
Ihr beide braucht neue Anregungen."

Irmgard lächelt.
„Du sprichst wie ein Psychologe.
Aber ich kenne Hellmuth am besten."

***

Hellmuth ist allein im Büro.
Er ruft im Altersheim in Lübeck an.
Die Frau am Telefon sagt:
„Sind Sie ein Verwandter von Frau Hasslick?"

„Nein", lügt Hellmuth mit zitternder Stimme.
„Aber ich kannte ihren Sohn.
Wie lebt sie denn?"

Die Frau am Telefon erklärt:
„Die Für-Sorge zahlt für sie."

Hellmuth atmet tief ein.
„Ich verstehe."

Hellmuth Wegener ruft Emil Zyllik, den Chauffeur.
„Ich muss nach Hamburg."

Am Haupt-Bahnhof steigt Hellmuth aus.
„Herr Zyllik, im Hotel Atlantic sind Zimmer
für uns reserviert.
Holen Sie mich morgen Abend dort ab.
Hier sind 100 Mark für Sie.
Machen Sie sich einen schönen Abend."

Dann kauft er eine Fahrkarte nach Lübeck.
Und eine große Schachtel Pralinen für seine Mutter.

Edi Schwangler ist entsetzt.
Er spricht mit René Seifenhaar.
„Hellmuth ist tatsächlich in Hamburg.
Ohne mir etwas zu sagen.
Angeblich bei einer Konferenz. Mit wem?
Ich erreiche ihn nicht."

„Vielleicht steckt eine Frau dahinter?",
meint Seifenhaar.
Edi Schwangler winkt ab.
„Das glaube ich nicht. Ich fliege hin."

Hellmuth Wegener steht vor dem Altersheim.
Dort lebt Berta Hasslick, 82 Jahre alt.
Seine Mutter.

Warum zögerst du, Hellmuth?, denkt Hellmuth.
Du hast alles geschafft.
Du hast viel gelernt.
Firmen aufgebaut.
Klassen-Treffen überstanden.
Sogar eine neue Narbe hast du dir machen lassen.
Und du hast Velbert überstanden.
Aber da oben ist deine Mutter.
Die kannst du nicht täuschen.
Geh hinauf, du feiger Hund!

Was wird passieren, wenn alle wissen:
Peter Hasslick lebt?
Dann erkennen sie:
Hellmuth Wegener ist ein Betrüger.

Eine Schwester fragt:
„Sind Sie ein Verwandter?"

„Nein", erklärt Hellmuth mit fester Stimme.
„Ich komme vom Roten Kreuz.
Wir besuchen einsame Menschen."

Die Schwester freut sich.
„Der erste Besuch für Frau Hasslick seit zehn Jahren."

Berta Hasslick sitzt am Fenster
und legt Karten.

Es klopft an der Tür.
„Ja, bitte?"
Es ist noch ihre Stimme, denkt er.
Derselbe Klang.

„Guten Tag. Ich bin Hellmuth Wegener."
O du Feigling, du veränderst deine Stimme.

„Sie sind ... Hellmuth Wegener?"
Sie spricht langsam.
Dann fällt sie in sich zusammen und weint lautlos.

„Mutter!", stößt Wegener hervor.
„Ich bin es ja. Ich bin es, Mutter."
Er umarmt den kleinen, knochigen Körper.

„Mein lieber Junge, ich habe es gewusst.
Die ganze Zeit."
Sie wischt die Tränen ab und putzt die Brille.

„Du bist dick geworden.
Aber ich habe dich sofort erkannt.
Nur: Warum dieser andere Name?
Hast du Angst, ich halte es nicht aus?"

Hellmuth streichelt ihre weißen Haare.
Dann sagt er: „Ich muss dir etwas erzählen.
Und du musst mir helfen."

Eine Stunde später kommt der Chef-Arzt.
Auch er freut sich sehr.
„Ich bin Dr. Methusius.
Die Schwester hat es mir erzählt:
Sie sind ein Kriegs-Kamerad von ihrem Sohn?"

Hellmuth Wegener nickt.
Berta Hasslick sagt:
„Mein Sohn Peter ist tot.
Ich weiß es jetzt.
Hellmuth Wegener war sein bester Freund."

„Sie sind eine tapfere Frau", sagt Dr. Methusius.
Dann geht er wieder.

„War es gut so, mein Junge?", fragt Berta Hasslick.
Hellmuth streichelt seiner Mutter über den Arm.
„Du warst wunderbar, Mutter.
Jetzt haben wir ein Geheimnis.
Nur du weißt, wer ich wirklich bin."

„Ich würde gern deine Frau kennenlernen.
Und meine Enkel. Aber das geht ja nicht."

„Warum denn nicht?", meint Hellmuth fröhlich.
Du bist die Mutter von meinem gefallenen Freund.
Von Peter Hasslick. Ich lade dich ein.
Komm nach Köln."

„So stark bin ich nicht, mein Junge.
Aber wir können schreiben und telefonieren.
Und du kannst mich ja oft besuchen!"

Hellmuth Wegener spricht mit Dr. Methusius.
„Ich möchte, dass Frau Hasslick
in ein schöneres Zimmer kommt.
Ich bezahle alles."

„Das ist großartig, Herr Wegener", meint der Arzt.
Aber es ist kein Zimmer frei."

Wegener sagt: „Dann bauen Sie um.
Oder bauen Sie an. Ich bezahle."

Methusius ist unsicher.
„Planen. Genehmigen. Bauen.
Das dauert sehr lange."

Enttäuscht fährt Wegener zurück nach Hamburg.
Im Hotel Atlantic sitzt Schwangler.
„Du bist tatsächlich allein im Hotel", sagt er.
„Ich dachte, du bist wegen einer Frau hier."

Hellmuth Wegener lächelt.
„Wie man es nimmt", sagt er geheimnisvoll.
„Es geht um eine Frau.
Aber anders, als du denkst."

***

Neun Wochen später stirbt Berta Hasslick.
Wegener ist gerade in Japan.
Er erfährt von dem Tod erst nach der Beerdigung.
Deshalb ist er wütend auf Dr. Methusius.
Aber der Arzt sagt: „Halt! Keine Vorwürfe!
Frau Hasslick hat es so gewollt.
Sie wollte Ihnen keine Mühe machen."

An diesem Tag betrinkt sich Wegener.
Er schließt sich in seinem Zimmer ein
und redet mit niemandem.
Irmi ist hilflos.
„Warum redet Hellmuth nicht mit uns?
Was sollen wir tun?"
„Nichts", sagt ihr Sohn Peter.
„Papa in Ruhe lassen."

Am nächsten Morgen sitzt Hellmuth auf dem Bett.
Er hat einen dicken Kopf und rote Augen.
Irmi duscht.
Danach kommt sie zu ihm.
„Trockne mir bitte den Rücken ab."

Wie schön sie ist, denkt Hellmuth.
Er küsst ihren Rücken.
Sie lacht.

„Ich hatte Kummer, Irmi.
Aber jetzt ist das vorbei.
Geh mit mir in die Stadt."

„Heute kein Büro?", fragt Irmi erstaunt.

„Nein", sagt Hellmuth entschlossen.
„Wie du lachst! Ich vermisse das.
Bist du glücklich?"

„Ich bin glücklich", sagt sie.
„Mit dir."

Sie bummeln, kaufen ein, trinken Kaffee.
Sie stehen vor dem Dom und küssen sich.
Keiner achtet auf sie.

Ein Angebot aus der Politik

Im Jahr 1975 ruft das Ministerium für Gesundheit
bei Hellmuth Wegener an.
Man bittet ihn,
als Berater im Ministerium zu arbeiten.
„Die Politik ruft", sagt Schwangler begeistert.
Das Amt für Verfassungs-Schutz überprüft Hellmuth.
Er soll bitte auch einmal ins Amt kommen.
Ein paar Fragen beantworten.
Es hat keine Eile.

Das ist das Ende, denkt Hellmuth.
Jetzt kommt alles heraus.
Er ist aber ganz ruhig dabei.
Das wundert ihn.

***

Zu dieser Zeit bekommt Irmi hohes Fieber.
„Ein grippaler Infekt und eine Bronchitis",
sagt Dr. Bernharts.
Er sitzt mit Hellmuth Wegener in der Bibliothek.
„Du willst Politik machen?"

„Nein", antwortet Wegener.
„Ich habe im Leben genug erreicht.
Was ich nie hatte, ist Ruhe! Die suche ich jetzt."

Er denkt an das Amt für Verfassungs-Schutz.
Und an seinen Termin dort.
Was werden sie mir dort sagen?
Sie werden sagen:
Sie sind nicht Hellmuth Wegener.
Sie werden alles aufdecken.
Wie soll ich das Irmi erklären?
Soll ich sagen:
Wir waren doch immer glücklich?
Und: Es gab Höhen und Tiefen, ganz normal?
Aber ... da ist auch ein Fehler:
Ich bin nämlich nicht Hellmuth Wegener.
Kann ich das sagen?
Unmöglich.

Dr. Bernharts fragt:
„An was denkst du, Hellmuth?
Fällt dir endlich auf, dass du ein großer Klotz bist?
Ein Klotz, kräftig, aber hohl?"

„Danke."
Hellmuth ist verärgert.

„Du bist stur. Ein Egoist.
Irmi tut mir leid."

„Weil du sie liebst, Ewald Bernharts."
Hellmuth sieht Bernharts scharf an.

„Ich bewundere sie.
Aber wie kann sie mit dir leben?
Mit so einem Mann?
Du zerstörst jede Frau.
Weil du nur dich selber siehst.
Weil du glaubst, du bist ein Gott!
Du befiehlst, Irmi leidet."

Hellmuth ist jetzt wütend.
„Das ist Unsinn."

„Nein", widerspricht Dr. Bernharts.
„Nur ein Beispiel:
Durfte Irmi beim Haus mitreden?
Durfte sie mitgestalten? Mit einrichten?
Noch ein Beispiel: Du fliegst in der Welt herum.
Und sie? Bleibt zu Hause. Meistens.
Manchmal zeigst du sie, wie ein Schmuckstück.
Nicht wie einen Menschen."

„Das ist nicht wahr!", ruft Wegener.
Seine Stimme klingt heiser.

„Und jetzt? Bei dir ändert sich nichts mehr",
sagt Bernharts.

„Vielleicht doch",
widerspricht Wegener.

„Irmi soll es aber nicht erfahren.
Jedenfalls jetzt noch nicht."
„Sie weiß vieles, Hellmuth.
Sie weiß auch von Rom und von Elietta."

„Das ist lange vorbei.
Ewald, ich danke dir.
Du hast mir die Augen geöffnet. Und jetzt geh."

Später sitzt Hellmuth mit Peter und Vanessa Nina
am offenen Kamin.
Peter ist jetzt 27 Jahre alt.
Er arbeitet als Chemiker im Euro-Medica-Werk.
Vanessa Nina soll Medizin studieren.
Sie studiert aber heimlich Gesang.
Plötzlich sagt Vanessa Nina:
„Ich werde Sängerin. Opern-Sängerin."

„Ich weiß", sagt ihr Vater.
„Du bist sehr begabt.
Das sagt jedenfalls deine Professorin."

Vanessa Nina schreit auf und stürzt sich auf ihn.
„Ich hatte ein halbes Jahr Angst, es dir zu sagen.
Und dabei weißt du es schon." Sie lacht.

Meine Familie, denkt Hellmuth.
Er ist stolz. Und glücklich.

Dann kommt der Termin
im Amt für Verfassungs-Schutz.
Herr Dr. Pfifferling begrüßt Hellmuth Wegener.
Sie sitzen an einem kleinen runden Tisch.
Es erscheint alles ganz locker.
Wie ein Gespräch unter Freunden.
Dabei geht es um Hellmuths Zukunft.
Um sein Leben!

Aus dem Tisch liegen einige Akten.
„Sind das Akten über mich?", fragt Wegener.

„Ja." Dr. Pfifferling schlägt die Akten auf.
Sie sprechen über die Zeit in der Hitler-Jugend.
Über seinen Sohn Peter, der an einer politischen
Demonstration teilgenommen hatte.
Dr. Pfifferling fragt, ob Peter das öfter getan hat.
Hellmuth winkt ab.
„Das war doch eine Jugend-Sünde."

„Warum sind Sie nicht in einer Partei,
Herr Wegener?", fragt Dr. Pfifferling.

„Ich mag mich nicht dem Programm von einer
Partei unterordnen."

„Aber Sie waren sieben Mal Gast
beim Sommer-Fest vom Bundes-Kanzler.

Und sie haben das <u>Bundes-Verdienstkreuz</u>."
Dr. Pfifferling klappt die Akten zu.

Sie unterhalten sich noch eine Stunde lang.
Über Politik. Wirtschaft. Steuer-Recht.
Dr. Pfifferling hört genau zu.
Er stellt immer wieder bestimmte Fragen.
Nach dem Onkel und dem Gift-Gas.
Nach Wegeners Reisen.
Sogar nach Rudi Velbert.

Schließlich sagt er:
„Vielen Dank für das nette Gespräch,
Herr Wegener.
Wir melden uns dann."
Hört sich das nicht an wie eine Drohung?

Zu Hause sitzt Dr. Bernharts im Schlafzimmer
und trinkt Sekt mit Irmi.
„Aha!", sagt Wegener grimmig.
„Sekt als Arznei-Mittel gegen Grippe.
Störe ich?"

„Siehst du, Irmi, er ist doch eifersüchtig!",
sagt Bernharts.
„Er wollte mich schon mal aus dem Fenster werfen.
Irmi geht es sehr viel besser.
Das wollten wir feiern."

„Viel besser?", fragt Wegener.
„Das liegt an unserem neuen Grippe-Mittel.
Seit drei Tagen gebe ich Irmi das neue Mittel.
Es ist so gut wie fertig."

„Du gibst ihr ein Mittel ohne Zulassung?
Das ist unglaublich leichtsinnig!"
Bernharts ist empört.
Aber Wegener bleibt ruhig.
„Du sagst, sie ist gesund.
Wo ist das Problem?"
Irmi mischt sich ein.
„Hört auf!
Mir geht es fabelhaft.
Ihr seid wie kleine Jungen auf dem Schul-Hof."

Bernharts packt seine Tasche.
„Ich gehe."

„Um acht ist Abend-Essen, Ewald", sagt Irmi.
„Es gibt Klöße mit Sauer-Braten."

„Ich komme gern", sagt Bernharts.
Und dann fragt er Hellmuth:
„Wie heißt das neue Mittel?
Ich habe gerade 24 Patienten mit Grippe.
Gut für eine Reihen-Untersuchung."
Dann geht Bernharts.

Hellmuth setzt sich zu Irmi aufs Bett.
„Ich muss dir etwas gestehen, Irmi.
Ich war selbst der erste Patient
mit dem neuen Mittel."

„Was? Tu das nie wieder!", ruft Irmi.
„Hast du Angst um mich?"
„Nur um dich."

Zeit für Veränderung

Der Mann vom Ministerium für Gesundheit
fragt Hellmuth Wegener:
„Wollen Sie unser Angebot annehmen?
Wollen Sie Berater für uns werden?"

Aber Wegener lehnt ab.
Er sagt:
„Ich habe Sommer-Häuser.
Aber ich bin kaum dort.
Ich habe Nachfolger in der Firma.
Also kann ich ohne Sorgen aufhören zu arbeiten.
Meine Frau hat so oft verzichtet.
Sagen Sie nicht: Sie hat doch alles.
Hatte sie nicht. Denn ich war nicht da."

„Herr Wegener, das ist das Schicksal von einer Frau
mit einem erfolgreichen Mann."

„Das ändere ich jetzt.
Weniger Zeit am Schreibtisch – viel Zeit am Meer.
Burgen bauen. Federball spielen.
Bratfisch essen. Rotwein trinken.
Und was ich nicht vermisse werde:
Die Fabriken. Die Partys. Die Konferenzen.
Und was macht mich glücklich?
Der Wind auf der Haut.

Das Rauschen von den Wellen.
Der Sand zwischen den Fingern.
Das ist Glück.
Ich habe keine weiteren Wünsche!"

Hellmuth Wegener denkt nach.
Soll ich jetzt sagen: Ich bin Peter Hasslick?
Keiner glaubt mir das.
Meine Papiere? Im Krieg verbrannt.
Ich besitze Fabriken und Apotheken.
Ich soll Peter Hasslick sein?
Man wird sagen: Der ist ja verrückt.
Nur dieser Dr. Pfifferling.
Wo in meinem Leben wühlt er herum?
Was hat er gefunden?
Oder hat er nichts gefunden?

Wegener hofft.
Er wartet.
Keiner kann mich angreifen!
Ich bin Hellmuth Wegener!

Heimlich bucht er einen Urlaub auf Samoa.
Sechs Wochen. Über Weihnachten.
Und danach sechs Wochen im Schnee.
In der Schweiz.
Danach Frühling in Frankreich.
Er freut sich.

Jetzt können Irmi und ich noch zwanzig Jahre
zusammen glücklich sein.
Hand in Hand.

***

Es ist der 28. Oktober 1975.
Hellmuth Wegener steht spät auf.
Er schreibt in sein Tagebuch:
Bald fahren wir nach Samoa.
Nächste Woche sage ich es Irmi.
Wir müssen noch viel vorbereiten.
Sie wird sagen: Samoa? So weit weg?
Willst du wegen den schönen Frauen
mit den Blüten-Ketten dorthin?
Dicker, da guckt dich keine mehr an!
Aber wenn du willst: Wir fliegen hin.

Ja, das wird sie wohl sagen.
Geduldig hat sie das immer gesagt:
Wenn du willst ...
27 Jahre lang.
Gott, womit habe ich eine solche Frau verdient?

Er macht das Tagebuch zu und rasiert sich.
Sieht immer wieder in den Spiegel.
Seine Augen verändern sich.
Werden größer.

Wegener sinkt in die Knie.
Kippt auf den harten Boden.
Er ist allein.

Und doch ist jemand da.
Unsichtbar.
Drückt ihm die Kehle zu.
Er wird schwächer.
Liege ich? Stehe ich?
Alles ist voll Nebel.
Er atmet tief.
Köstlich.
Es rauscht.
Überall.

***

„Er ist zwischen halb neun Uhr
und zehn Uhr gestorben", sagt Dr. Bernharts.
„Ein typischer Herz-Infarkt.
Er hat nichts gespürt.
Ein schneller, leichter Tod."

Eine glückliche Ehe

Irmi legt das Tagebuch auf ihren Schoß.
Sie schließt die Augen.
Die Leichen-Feier hat längst begonnen.

Peter und Vanessa Nina lassen die Trauer-Reden
und die Heuchelei über sich ergehen.
Irmi schließt die Tagebuch-Hefte wieder
in den Tresor.
Die Schlüssel legt sie in die Holz-Schachtel zurück.
Sie lächelt über die kitschige Schachtel.

Was waren die letzten Sätze im Tagebuch?
Ich habe sie geliebt.
27 Jahre im Paradies.
Und eigentlich waren wir nicht einmal verheiratet.
Es war eine glückliche Ehe.

„Ja, Dicker, das stimmt."
Irmi lächelt.
Der Regen ist vorbei.
Im Park ist eine märchenhafte Stimmung.

Irmi hat das alles schon lange geahnt.
Der Vorname „Peter".
Die Klassen-Treffen.
Es gab viele Hinweise.

Warum hatte sie nie etwas gesagt?
Das hätte Hellmuth verletzt.
Seinen Stolz.

Ist es nicht längst egal:
Peter Hasslick oder Hellmuth Wegener?
Das sind nur Namen.
Sie liebte ihn.
Ein ganzes herrliches Leben lang.
Es war eine glückliche Ehe.

Wörterliste

Seite 7: Chemiker
Wissenschaftler, der mit den Grund-Stoffen und ihren Veränderungen arbeitet.

Seite 9: Chauffeur (sprich: Schofför):
Fahrer. Wichtige oder reiche Menschen haben einen Chauffeur, der sie überall mit dem Auto hinfährt.

Seite 10: Herz-Infarkt
Plötzlicher Verschluss von einer Ader im Herzen. Bei einem Herz-Infarkt besteht Lebens-Gefahr. Ohne schnelle Hilfe stirbt man.

Seite 10: Tresor
ein sehr sicherer Schrank für wertvolle Dinge, meist mit dicken Metall-Wänden und einem sicheren Schloss

Seite 11: Tagebuch
Buch oder Heft, in das man seine Erlebnisse oder Gedanken schreibt

Seite 12: 1944
Von 1939 bis 1945 dauerte der Zweite Weltkrieg. Deutschland hatte den Krieg angefangen und

zuerst große Gebiete erobert. Im Jahr 1944 war Deutschland schon fast besiegt.

Seite 12: Bunker
Schutz-Bau mit Wänden aus sehr dickem Beton

Seite 12: Orscha
Stadt in Weiß-Russland

Seite 12: Weinbrand
starkes alkoholisches Getränk

Seite 12: Hauptmann
Dienst-Grad beim Militär

Seite 12: Front
Kampf-Gebiet im Krieg. Das Gebiet, wo sich die feindlichen Armeen begegnen.

Seite 12: Fern-Trauung
Im Zweiten Weltkrieg eine Möglichkeit zu heiraten, obwohl der Mann an der Front war.

Seite 14: Major
höherer Dienst-Grad beim Militär

Seite 14: Granate
Geschoss, das mit einer Sprengstoff gefüllt ist

Seite 15: Sirene
Gerät, das mit lauten, heulenden Tönen vor Gefahren warnt

Seite 15: Luft-Schutz
Maßnahmen zum Schutz gegen Angriffe mit Flugzeugen. Die Bevölkerung ging in Schutz-Räume, Soldaten schossen auf die Flugzeuge.

Seite 15: fallen
Ausdruck für: im Kampf sterben

Seite 16: Dnjepr
Fluss, der durch Russland, Weiß-Russland und die Ukraine fließt

Seite 17: Orden
Auszeichnung für besondere Leistungen. Ein Abzeichen, das man an der Kleidung tragen kann.

Seite 19: krepieren
elend und unter Schmerzen sterben

Seite 19: Lazarett
Krankenhaus beim Militär und an der Front

Seite 20: Trage
flache Liege mit Griffen für Kranken-Transporte

Seite 21: Stabs-Arzt
Arzt beim Militär

Seite 21: Wehrmachts-Ausweis
Wehrmacht hieß das deutsche Militär während der Nazi-Zeit (1933 bis 1945). Jeder Soldat hatte so einen Ausweis.

Seite 22: Sanitäter
Person, die im Rettungsdienst arbeitet und erste Hilfe leistet

Seite 24: Glücks-Pilz
Person, die oft Glück hat

Seite 26: Sibirien
Landschaft im Norden von Russland und Asien, wo nur wenige Menschen leben

Seite 27: Nowo Nigaisk
Diesen Ort hat Konsalik erfunden; er soll mitten in Sibirien liegen.

Seite 29: Skalpell
kleines, sehr scharfes Messer für Operationen

Seite 30: Ural
Gebirge, Grenze zwischen Europa und Asien

Seite 30: Moskau
Hauptstadt von Russland

Seite 33: Marken
In Not-Zeiten bekam jede Person für wichtige Dinge
Marken: für Lebensmittel, Kleidung, Benzin und
anderes. Man konnte diese Dinge nur kaufen, wenn
man Marken dafür hatte.

Seite 33: Süßstoff
Stoff, der Zucker ersetzt

Seite 33: Likör
süßes alkoholisches Getränk

Seite 35: in die Hände spucken
Ausdruck für: mit Schwung an die Arbeit gehen

Seite 36: Schwarz-Markt
Einen Schwarz-Markt gibt es oft in Not-Zeiten. Die
Menschen handeln dort heimlich mit wichtigen
Sachen, von denen es nur wenig gibt. Oft wird nicht
mit Geld bezahlt, sondern etwas anderes
eingetauscht. Schwarz-Markt ist verboten.

Seite 37: Währungs-Reform
Die Währung (das Geld-System) in einem Land wird
neu geordnet, manchmal gibt es neues Geld.

Seite 37: Reichs-Mark
das Geld in Deutschland bis Juni 1948

Seite 37: D-Mark
Das neue Geld in Deutschland ab Juni 1948, nach der Währungs-Reform. Es war gültig bis zur Einführung vom Euro im Jahr 2002.

Seite 37: die Kasse klingelt
Ausdruck für: Es kommt viel Geld in die Kasse, jemand verdient viel.

Seite 41: Kaiser-Schnitt
Geburt, bei der das Kind durch eine Operation zur Welt kommt

Seite 41: Narkose
Betäubung, damit ein Patient bei einer Operation tief schläft und keine Schmerzen empfindet

Seite 43: Hebamme
ausgebildete Frau, die bei einer Geburt hilft

Seite 44: Visite
regelmäßiger Besuch des Arztes am Krankenbett

Seite 44: Kommissar
Dienst-Grad bei der Polizei

Seite 44: Motiv
Grund

Seite 47: Drink
alkoholisches Getränk

Seite 47: Provisor
ein Apotheker, der in einer Apotheke angestellt ist
und die Apotheke leitet

Seite 47: Organismus
Lebewesen als Ganzes

Seite 47: Orgasmus
Höhepunkt beim Sex

Seite 48: Kongress
Arbeits-Treffen oder Tagung mit vielen Teilnehmern,
es gibt Vorträge und Gespräche

Seite 48: Zürich
Stadt in der Schweiz

Seite 49: Hannover
Stadt in Nord-Deutschland

Seite 49: Idiot
Person mit dummem, ärgerlichem Verhalten

Seite 51: Nerven-Säge
sehr lästige Person;
jemand, der einen nicht in Ruhe lässt

Seite 51: Mathematik
Schulfach und Wissenschaft, bei der es um Zahlen
und das Rechnen geht

Seite 54: Karneval
Zeit mit übermütigen Feiern und alten Bräuchen.
Karneval heißt auch Fasching oder Fastnacht. Im
Anschluss folgt die Fastenzeit, die bis Ostern
dauert.

Seite 54: Notar
Person, die Urkunden ausstellt und überwacht

Seite 54: Chemie
Wissenschaft, die mit den Grund-Stoffen zu tun hat.
Durch chemische Vorgänge verändern sich die
Grund-Stoffe und nehmen neue Eigenschaften an.

Seite 55: Wehrmacht
das Militär in der Nazi-Zeit (1933 bis 1945)

Seite 56: Testament
In einem Testament schreibt jemand auf, was nach
dem Tod mit seinem Besitz passieren soll.

Seite 57 : Gift-Gas

Ein Gas, um damit Menschen zu töten. Während der Nazi-Zeit töteten die Nazis Millionen von Menschen, vor allem Menschen mit jüdischer Religion. Dazu setzten die Nazis Gift-Gas ein.

Seite 57: SS

Abkürzung für Schutz-Staffel. Das war eine Organisation der Nazis. Die SS arbeitete zum Beispiel in den Lagern, in denen die Nazis unzählige Menschen gefangen hielten und töteten.

Seite 57: Alliierte

Groß-Britannien, Frankreich, die USA und Russland (damals Sowjet-Union). Diese Länder schlossen sich im Zweiten Weltkrieg zusammen, um gegen die Nazis zu kämpfen. Sie besiegten die Nazis.

Seite 57: Generation

alle Menschen, die ungefähr gleich alt sind

Seite 62: Ruhestand

Zeit nach der Arbeit, Rentenzeit

Seite 63: Roh-Bau

Ein neu gebautes Haus, bei dem erst Mauern und Dach fertig sind. Fenster, Fußböden und andere Dinge fehlen noch.

Seite 80: fasziniert
sehr beeindruckt, begeistert

Seite 80: Suite
mehrere verbundene Räume in einem Hotel

Seite 81: Villa
vornehmes, großes Haus

Seite 83: Psychologe
Fach-Arzt für seelische Krankheiten

Seite 83: kosmetische Klinik
eine Klinik für Schönheits-Operationen

Seite 85: Stewardess
Flug-Begleiterin

Seite 87: Kur
Eine Kur macht man, um sich von einer langen Krankheit zu erholen oder die Folgen der Krankheit zu überwinden.

Seite 88: Hongkong
Großstadt in China

Seite 89: Cannes
Stadt im Süden von Frankreich

Seite 90: Negativ
früher der fotografische Film, von dem dann Fotos
auf Papier gemacht wurden

Seite 91: Deutsches Rotes Kreuz
Hilfs-Organisation: Sie rettet Menschen, hilft in der
Not, unterstützt Arme.

Seite 96: Chef-Arzt
leitender Arzt in einer Klinik

Seite 100: Ministerium
oberste Behörde in einem Land für einen
bestimmten Bereich, zum Beispiel Gesundheit oder
Verkehr

Seite 100: Verfassungs-Schutz
Ein Amt, das den deutschen Staat und die
Demokratie schützt. Der Verfassungs-Schutz
überprüft Personen, die wichtige Aufgaben für den
Staat übernehmen sollen. Und er überwacht
politische Vereinigungen.

Seite 100: grippaler Infekt
starke Erkältung

Seite 100: Bronchitis
Entzündung der Atem-Wege

Seite 101: Egoist
ein Mensch, der nur an sich selbst und an seinen eigenen Vorteil denkt

Seite 103: Kamin
offene Feuer-Stelle in einem Wohnraum

Seite 103: Oper
Theater-Stück, bei dem alle Texte gesungen werden

Seite 104: Hitler-Jugend
Organisation für Jungen bei den Nazis in Deutschland, Vorbereitung für den Militär-Dienst. Für Mädchen gab es den „Bund deutscher Mädel".

Seite 104: Jugend-Sünde
etwas Dummes, was man getan hat, als man jung war

Seite 105: Bundes-Verdienstkreuz
hohe Auszeichnung durch den deutschen Staat, ein Orden

Seite 109: Samoa
Insel-Staat zwischen Australien und USA